KB105479

당신이라는 책,

너라는 세계

당신이라는 책,

너라는 세계

어느 탐서가의
세상에서
가장 뜨거운
독서기!

박진희 지음

프롤로그

어린 시절부터 책을 좋아했다. 자라서는 책과 관련된 공부를 했고, 책 만드는 일을 했다. 출근길 지하철 안에서 우연히 내가 만든 책을 읽는 사람을 보고 심장이 멎을 뻔한 적도 있다. 달려가 안아주고픈 마음을 겨우 억누르며 지하철역을 빠져나왔고 그날 내내 기분이 들떴다. 좋기도 두렵기도 했다. 그때의 경험 때문인지 이상한 버릇이 하나 생겼다. 지금도 낯선 사람이 책을 읽고 있으면 가자미눈을 하고선 무슨 책인지 알아내려 애를 쓴다.

　책을 빼놓곤 말할 수 없을 정도로, 내 인생이 책과 함께한 시간은 길고 길지만 그렇다고 책을 소재로 글을 쓸 생각은 '감히' 하지 않았다. 다른 사람보다 특히 독서량이 많은 것도, 책에 대해 깊은 사유를 하는 것도 아니기 때문이다. 세상엔 책을 매개로 쓴 ― 그것도 너무나 좋은 ― 책은 이미 많고, 나에겐 책에 대한 책을 쓸 깜냥이 없었다. 그러던 어느 날 문득 이런 생각이 들었다. '책을 어떤 사람이나 이야기와 만나게 하는 문으로 사용한다면?'

책을 읽다 보면, 어느새 그 책의 결과 비슷한 주변의 사람들, 평범하지만 주어진 일상을 성실히 살아가는 사람들, 그리고 그 사람들이 만든 가치관과 연결 짓는 나를 발견한다. 책 그 자체에 대해 쓰긴 어려워도, 책이라는 문을 열고 들어가면 어김없이 각각의 책에서 나를 기다리고 있는 사람들의 이야기를 쓸 수는 있지 않을까? 책과 사람이 만나는 바로 그 지점을 풀어보면 어떨까? 그렇게 생각한 후 책장에서 몇 권의 책을 뽑아 글을 쓰기 시작했다. 책과 사람이 만나는 지점에서 나오는 이야기는 다양했다. 어느 책에서는 차별과 혐오에 맞서 싸우는 이와 만났고, 어느 책에선 보이진 않지만 사는 데 걸림돌이 되는 세상의 잣대들과 만났다. 어린이라는 세계와 만나기도, 다양한 형태로 살아가는 가족과 만나기도 했다.

그렇게 스물세 권의 책과 내가 품은 스물두 개의 세

상이 만났다.

이 책들을 한데 묶어놓으니 좀 생뚱맞기도 하다. 하지만 이들은 원래도 전혀 상관없는, 각각의 세상으로 들어가는 문이자 통로였다. 그 문을 통과하며 나는 배웠다. 인간이라면 지녀야 할 다양성에 대해, 더 좋은 사회를 만들기 위한 덕목에 대해, 사회적 약자들을 보호할 의무에 대해, 나를 성장시키는 모험에 대해……. 각기 다른 책의 문을 열었고, 책을 읽는 동안 각기 다른 사람과 세상을 만났다. 하지만 여러 갈래 길의 끝은 합쳐져 있었고, 거기엔 단 하나만 남아 있었다. 그것은 '나'였다. 어쩌면 이 글은 지금의 나를 만들어가는 지극히 개인적인 과정의 일지 같은 것일지도 모르겠다.

책과 함께 나를 변화시킨 것은 단단한 가치관 위에 서 있는 사람들이다. 가까운 지인도 있고 한 번도 만난 적 없는 사람도 있다. 그들은 '꿈을 이루는 중인 사람' '외계성을 지닌 사람' '끝끝내 세상을 바꾸는 사람' '지구와 더불어 살아가는 사람' 등의 이름으로 등장한다. 특히 이번 책에서는 노인, 장애아를 키우는 엄마, 유색인, 어린이 등 '차별의 자리를 묵묵히 견딘 사람'의 세상이 나온다.

애초부터 그들에게 관심이 있었던 것은 아니다. 살면서 책을 선택해 읽고 또 쓰는 행위를 반복하며, 관점이 조금씩 그들에게로 흘러간 것 같다. 남은 생도 책을 읽고 글을 쓰며 살아갈 테니, 앞으로 내가 읽게 될 책은 이들과 관련한 것이면 좋겠다. 내게 할애된 지면이 있다면 역시나, 그들의 이야기가 더 많이 채워지면 좋겠다. 또 누군가가 이 책 속에서 만난 사람에게 작은 감동을 얻는다면, 혹은 여러 의미로 읽고 쓰는 것에 용기를 가지게 된다면 더 바랄 것도 없겠다.

목차

프롤로그 •004

PART 1

너는 나를
꿈꾸게 한다

너를 만나고 비로소 내가 누구인지 알았다 •014
『피뢰침』 + 벼락을 좇는 사람들

무모하다 해도 좋아, 행복했으니 •023
『희박한 공기 속으로』 + 꿈을 이루는 중인 사람들

꼴찌는 반드시 필요해 •033
『삼미 슈퍼스타즈의 마지막 팬클럽』 + 꼴찌를 응원하는 사람들

우리 삶을 지켜낸 세상의 '익명'들에 대하여 •041
『돌의 연대기』 + 가치 없어 보이는 것들의 의미를 새기는 사람들

나도 인생의 '건너기'를 할 수 있을까? •049
『이 작은 책은 언제나 나보다 크다』 + 기슭을 떠나 인생의 강을 건너
는 사람들

행인1은 어느 길목에서 천사가 됩니다　　　　　　　　• 058
『그 길에서 나를 만나다』 + 서로에게 천사가 되어주는 먼지 같은 사람들

PART 2

너라는 기적을 만나,
나라는 세계가 되고

사랑받지 못한 존재의 더 큰 사랑　　　　　　　　　• 070
『빌러비드』 + 그럼에도, 사랑을 멈추지 않는 사람들

조카의 마음속엔 아직도 외계인이 산다　　　　　　　• 079
「공생 가설」 + 외계성을 간직하고 사는 사람들

나는 이렇게 나이 들고 싶다　　　　　　　　　　　• 089
『모든 것의 가장자리에서』 + 가장자리에서 중심을 응원하는 사람들

그렇다고, 늘 슬프고 불쌍해야만 하나요?　　　　　　• 097
『아빠 어디 가?』 + 행복할 권리를 인정받지 못한 사람들

누구든 '거짓의 사람'이 될 수 있다　　　　　　　　• 106
『거짓의 사람들』 + 서서히 나아지기 위해 배우고 나누는 사람들

온기를 전하는 위대한 일에 관하여 · 116

『그냥, 사람』 + 세상 끝에서 지평을 넓히는 경이로운 사람들

PART 3 , ?

끝끝내, 당신의 세계를 이해하려는
마음에 대하여

너무나 다르지만, 우리도 가족입니다 · 126

『함께 있을 수 있다면』 + 가족보다 더 가족 같은 사람들

쉬운 것부터, 대신 다신 돌아가지 않기로 · 134

『노 임팩트 맨』, 『지구별을 사랑하는 방법 100』 + 지구와 더불어 살
아가는 사람들

받는 이도 하는 이도 기쁜 추모는 없을까? · 143

『시선으로부터』 + 끝끝내, 세상을 변화시키는 사람들

무르익을 때까지 기다리는 관계 · 152

『파리 좌안의 피아노 공방』 + 결국 누군가의 마음을 움직이는 사람들

나는 이상형과 결혼했다 · 162

『나의 미카엘』 + 때론 다투고, 때론 토닥이며 오랜 시간 함께하는 사람

PART 4

이토록 작지만,
우리를 구원하는 것들

인정하고 기다리고 응원하는 세상을 꿈꾸며 •174
『어린이라는 세계』 + 어린이한테 배우는 사람들

어제도, 오늘도, 내일도…… 그렇게 삶은 기적이 된다 •184
『나무를 심은 사람』 + 무너진 공든 탑을 다시 쌓아 올리는 사람들

지금도 뜨겁게 사랑할 테야 •193
『문어의 영혼』 + 좋아하는 마음으로 사는 사람들

성실하고 열정적인 '워킹그랜드마'가 되기 위해 •201
『할머니의 트랙터』 + 워킹맘이라 불리는 사람들

그 추억이 지금의 나를 살게 할 테니 •210
『나는 강물처럼 말해요』 + 추억하며 살아갈 힘을 얻는 사람들

에필로그 •218

PART 1.

너는
나를

꿈꾸게
한다

너를 만나고 비로소
내가 누구인지 알았다

「피뢰침」, 김영하

버락을 쫓는
사람들

허무맹랑한 소재에서 출발한 이야기를 좋아한다. 처음엔 '참나, 진짜 이런 사람이 세상에 있단 말이야?' 하며 실소를 터뜨리다가도, 어느 순간 '진짜 어딘가 있었으면 좋겠다' 하고 소설 속 세상에 푹 빠져 간절히 바라게 된다. 김영하의 「피뢰침」이 그런 소설이다. 「피뢰침」은 김영하의 소설집 『엘리베이터에 낀 그 남자는 어떻게 되었나』

에 들어 있는 단편소설이다. 대학교 새내기 시절에 읽었으니, 무려 22년이나 묵은 소설인데 여전히 독자들이 찾는 책이며, 얼마 전에 표지를 바꾸어 새롭게 출간되었다.

「피뢰침」은 낙뢰를 맞고 살아난 사람들의 이야기다. 소설 속 화자도 오래전 번개를 맞은 기억이 있지만, 그에게는 지우고픈 트라우마였다. 하지만 그 일을 오히려 거룩하게 여기는 '아다드'라는 모임을 알게 되고, 모임 사람들을 만나면서 점차 생각이 바뀐다. '아다드' 사람들은 낙뢰를 맞는 것을 '전격 세례를 받았다'라고 표현하고 몸에 새겨진 징표를 소중하게 생각하며, 다시 한번 번개를 맞기 위해 피뢰침을 들고 세계를 돌아다닌다.

좀 다르게 살면
안 되나요?

'번개를 맞기 위해 세계를 돌아다닌다니, 이렇게 미칠 수도 있구나!' 허무맹랑한 소재에 당황스러웠지만, 소설을 읽다 편견에 갇혀 있던 내 눈을 여는 대목을 발견했다. 소설 속 화자는 네 차례나 전격을 받은 이에게 묻는다. "당신은 왜 전격을 받으려 하나요?" 질문을 받은 당사자는 이렇게 말한다.

> "화가들은 왜 그릴까요? 자동차 레이서들은 왜 경주에 나서고 작가들은 어쩌자고 글을 쓸까요? 그냥 살면 될 텐데, 어쩌자고 그들은 그토록 아무 소용없는 일에, 기껏해야 평생 한 번 혹은 두 번 정도 찾아올 희열을 위해, 자신을 던지는 걸까요?"

22년 전, 어리다면 어렸던 스무 살의 내게 그 대목은 신선한 충격으로 다가왔다. 편견과 아집에 사로잡힌 내게 또 다른 세상을 접하는 방법을 알려준 구절이었다. 생각해보면 나는 사람들이 '보통' 혹은 '정상'이라고 간주하는 보편적인 틀에서 벗어나 산 적이 없었다. 취미도 납득할 만한 것들이었고, 수능 점수에 대학을 맞췄고, 최대한 튀는 행동을 하지 않으려 노력했다. 지금이야 개인의 개성이 한껏 보장받지만, 그땐 보통이 아니면 그냥 '미친놈'이었다. 그런 눈으로 세상을 바라보던 내게, 벼락 맞으러 다니는 사람을 화가나 작가와 동일시했으니, 이만큼 신선한 시선이 또 있을까.

내게 자극을 주는,
온갖 미친 사람

이후 뭔가 '똘끼' 충만한 사람을 만나면 흥미를 느꼈다. 그들의 입에서 나오는 이야기들은 온통 매력적이었다. 그 사람들의 삶을 인정하고 되레 동경하기까지 하면서 내 삶은 바뀌기 시작했다. 대학을 졸업하고 서울에서 얻은 첫 직장은 그런 사람들을 찾아 이야기를 듣고 글로 푸는 것이었다.

　20대와 30대의 절반을 흥미로운 사람들을 만나는 데 썼다. 잡지사 기자와 출판사 편집자를 거치며 여러 사람을 만났다. 일면식도 없는 사람에게 메일을 쓰고 전화를 하는 건 성격상 무척 힘든 일이었지만, 낯선 사람과 만나고 돌아올 때면 언제나 기분이 좋았다. 기자나 편집자가 되려고 애쓰지 않았고, 살다 보니 어쩌다 가지게 된 직업이었지만 지나고 보면 나에게 과분할 정도로 좋았다. 삶에 자극을 주는 사람들을 만나며 일도 하고 돈도 벌다니, 꿈같은 직업이었다.

기자와 편집자로 일하며 세상에 얼마나 다양한 관심사를 가진 사람들이 있는지 알게 되었다. '돌멩이'에 미쳐서 수십 년째 맷돌을 만들거나 돌담을 쌓는 사람도 있었다. '어쩌다 이런 일을 하게 되었지?' 하는 궁금증도 잠시, 몇 시간이고 '그 일의 매력'에 대해 풀어내는 썰을 듣고 있노라면 나름의 가치관과 철학에 매료된다. '세상에 반드시 있어야 하는 분이었어!' 감탄하며 인터뷰를 마치게 된다.

각자의 삶을 있는 그대로 받아들이는 마음은 십수 년간 인터뷰하며 다져진 것일 수도 있겠지만, 그 기저엔 앞서 언급한, 내게 큰 동기부여가 되어준 「피뢰침」의 문장이 있다. 소설 속의 '나'가 '아다드'를 만나고 그저 숨기고만 싶었던 유년의 트라우마에서 해방되는 것처럼, 나도 단단하게 잠겨 있던 편견의 문고리가 그때 '탁' 하고 풀렸을지도 모르겠다. 이런 사람들로 인해 지리멸렬하기만 한 세상이 그나마 재미있게 돌아가는 것이 아닐까? 모

두가 다 같은 틀에 매여 누구도 벗어나려 하지 않는다면,
세상은 얼마나 지루해질까?

정답이 어디,
있을까요?

나는 직업으로 인해 다양한 인생사를 접했지만, 사실은
그렇지 않은 사람들이 더 많다. 삶을 살아가는 방식에 정
답이 어딨다고, 자신의 기준에 맞춰 지적하는 사람도 적
지 않다. 자취할 때 출근 시간에 쫓겨 건조대에 널어놓은
양말을 손에 잡히는 대로 신고 나갔다. 짝이 안 맞을 때가
많았다. 딱히 불편을 느낀 적이 없어서 짝짝이 양말을 신
는 게 일상화되었다.

　　그런 나를 매번 지적하는 사람이 있었다. "넌 왜 양
말을 그렇게 신는 거야? 도무지 이해할 수가 없어." 아
니, 양말 짝이 맞지 않는 것조차 이해가 안 되는데 당신
은 나를 얼마나 오해하며 살까요? 하고 되묻고 싶었지
만 "글쎄요" 하며 웃어넘겼다. 한 번쯤은 반문해볼 걸 그

랬다. "아니, 왜라뇨? 그렇게 하면 안 되는 법이라도 있습니까?"

산티아고 콤포스텔라로 향하는 카미노 길 위에 선 지 한 달쯤 되었을 때, 폰페라다라는 작은 마을에 도착했다. 이전 마을에서 아무것도 먹지 않은 상태로 5킬로미터쯤을 걸어온 터라 커피와 스페인식 빵이 무척 먹고 싶었다. 지난 한 달간 나의 루틴이기도 했다. 처음 만난 마을에서 카페콘레체(우유를 넣은 에스프레소 커피)와 토르티야를 먹으며 카미노의 아침을 맞이하는 것.

폰페라다 마을 초입에서 카페를 발견했다. 여기서 아침을 먹으려고 짐을 내려놓고 토르티야와 커피를 시켰다. 모닝커피를 홀짝이고 있을 때 지나가던 한국인 아주머니가 물었다. "아니, 이 유명한 데서 왜 커피를 마셔? 여기서는 핫초코에 추로스를 찍어 먹어야지."

사실 그때까지 '고디바'가 뭔지도 몰랐다. 알고 보니 그곳은 벨기에 초콜릿을 파는 유명한 프랜차이즈 매장이었다. 별일 아니었지만, 그만 기분이 상하고 말았다. 내가 먹고 싶은 걸 먹는데 "왜"를 따져야 할 이유가 있는 것인가. 핫초코가 아무리 유명해도 마시고 싶은 커피까지 물려가며 먹을 필요는 없지 않은가.

기분이 상했던 이유는 그 아주머니의 지적이 벌써 네 번째였기 때문이다. 나는 당시 거의 혼자 걸어온 데다 유심칩을 넣은 휴대폰도 없었고, 카미노 정보서도 없었다. 한국인을 거의 마주치지 못하다, 큰 마을에 접어들면서 우연히 만난 이 아주머니는 "왜 그런 데서 묵어? 거기선 그 알베르게에서 자야지." "왜 거길 그냥 지나쳐? 거기서 사진을 찍었어야지." "왜 그런 걸 입어? 아웃도어 없어?" 스리콤보 질문을 쏟아냈다. 양말을 짝짝이로 신고 올 때마다 지적하던 직장 동료가 떠오를 정도였다.

지금 생각해보면, 나는 카미노를 찾은 보통의 한국 사람처럼 길의 시작에서 만나 끝까지 함께 걸으며 결속력을 다지지도 않았고, 등산복 차림이 아닌 고무줄 바지와 치렁치렁한 치마를 입고 다녔으니, 충분히 이상한 사람으로 보였을 것 같다. 길 위에서 한국인을 자주 마주치지 못했기 때문에 어쩌다 만나면 그렇게 반갑고 어떻게라도 밥 한 끼 같이하고 싶었다. 하지만 그럴 기회가 딱히 주어지지 않았는데, 이후에야 알았다. 같이 걸으며 결속력을 다진 무리는 한 번씩 나를 두고 이상한 여자라며 자기네

끼리 한마디씩 한 모양이었다.

돌아보니 나는 여러 뒷말을 듣기에 충분한 행동거지와 옷차림을 하고 있었다. 그들에게 나는 피뢰침을 들고 벼락을 쫓아다니는 여자였던 것이다. 아주머니는 그런 나를 보며 오히려 긍휼한 마음으로 조언을 해주신 게 아닌가 싶다.

그렇다고 한참이나 지난 이 일을 두고, 그때 내가 왜 그랬을까, 땅을 치고 후회하거나 이불킥을 할 마음은 없다. 다만, 그때 아주머니에게 "세상에, 길 위에, 여행에, 순례에, 정답이 어디 있을까요?"라고 되물어볼 걸 그랬다는 생각은 든다. 아주머니에게 「피뢰침」이란 책을 추천해주었더라면, 그녀도 나를 달리 생각하셨을까?

무모하다 해도 좋아,
행복했으니

『희박한 공기 속으로』,
존 크라카우어

꿈을 이루는 중인 사람들

존 크라카우어의『희박한 공기 속으로』는 서울에서 직장
생활을 할 때 함께 살았던 친구 곽효정의 추천으로 읽었
다. 당시 효정은 팟캐스트를 즐겨 들었는데, 특히 소설가
와 영화평론가가 책 읽어주는 코너에 푹 빠져 있었다. 팟
캐스트에 새로운 책이 업데이트될 때마다 쪼르르 옆방으
로 달려와 이 책을 읽어보라며 나에게 추천했다. 이 책도

그 무수한 책 중 하나다.

　시간과 의지가 부족했던 나는, 애초에 읽지 못할 책과 보지 못할 영화와 듣지 못할 팟캐스트는 최대한 외면하는 편인데, 희한하게도 거의 유일하게 ― 팟캐스트의 진행자였던 김영하 소설가가 추천해주고, 그걸 들은 ― 친구가 추천해준 이 책만은 읽게 되었다. 이유는 딱히 모르겠다. 친구가 너무나 열정적으로 추천해준 덕분인지, 아니면 당시 내 별명이기도 했던 '박진희박'의 '희박'이 제목에 들어가서인지, 그도 아니면 세상에서 가장 높다는 설산에 매력을 느껴서인지. 여하튼 나는 여러 연유로 책을 읽게 되었고, 열 손가락 안에 꼽는 인생 책을 만났다.

팀원의 절반이 사망했던
사건을 다룬 책

『희박한 공기 속으로』는 존 크라카우어가 1996년에 에베레스트산을 등반하며 실제로 겪은 일을 쓴 논픽션이다. 당시 에베레스트산 등정은 전문 산악인이 아닌 일반

인들도 6만 5천 달러의 거금만 내면 가능했던, 상업 어드벤처 패키지가 성황을 이룰 때였다. 에베레스트산 꼭대기에서 기념사진을 찍기 위해 병목현상이 일어날 정도로 등반하는 사람들이 많아졌다. 자연히 산은 훼손되고, 쓰레기가 넘쳐나는 등 문제가 발생하기 시작했다. 존 크라카우어는 그런 실태를 고발하는 글을 쓰고자 당시 A급 상업 등반대였던 팀에 들어가게 된다.(하지만 결과적으로는 그의 글에서 상업 패키지에 대한 비판적인 시각은 찾을 수 없다. 저자는 등반과 팀에 충실한 편이었고, 사실 그대로를 기록하려고 노력했다. 참사로 유명을 달리한 이들에 대해서도 측은지심을 표현하기보다는 냉철하게 그들의 성격을 묘사하는 바람에 책을 출간한 뒤에는 유족들에게 질타를 받기도 했다.)

로브 홀이 이끄는 산악대원 외에 다른 팀원들까지, 정상에 다다르기 위해 함께 출발했던 이들은 총 18명이었다. 이들은 정상을 찍고 내려오던 중 캠프까지 불과 수백 미터 정도밖에 남지 않은 지점에서 절반 이상이 사망하고 만다. 갑작스런 폭설과 눈보라, 그로 인한 산소 부족으로 리더였던 로브 홀, 성공했다면 에베레스트산을 등정한 최고령 여성이 되었을 일본인 남바 야스코, 그리고 두 번째 도전 중이었던 우체부 직원 더그 한센 등이 목숨을 잃었고, 존 크라카우어는 무사히 살아서 내려왔다.

이 책에서 가장 인상 깊었던 인물은 더그 한센이다. 그는 사망하기 1년 전에도 로브 홀이 이끄는 팀에서 에베레스트산을 등정했던 우편배달부였다. 그때 고지를 찍지 못했다. 전 재산을 긁어모아 등반했지만, 정상을 100미터 앞두고 뒤돌아서야 했다. 해 떨어지는 시간이 급박했기에 로브 홀이 내린 결정이었다. 이후 등정을 완전히 포기하려던 더그 한센에게 로브 홀은 금액을 할인해주면서까지 팀에 합류시킨다.

　두 번째 등정을 제안받은 더그 한센은 처음엔 많이 망설였다. 하지만 '전 재산을 걸고 두 번째 등정에 도전하는 우편배달부'라는 타이틀이 '누군가에겐 큰 감동으로 다가왔고, 어린 학생들은 그런 그에게 응원의 편지를 보내기도 했다. 우편배달부는 얼굴도 모르는 사람들의 응원에 다시 힘을 얻었고, 그들에게 이런 답장을 썼다.

> "어떤 사람들은 큰 꿈을 갖고 있고, 또 어떤 사람들은 작은 꿈을 갖고 있어. 네가 어떤 꿈들을 갖고 있든 간에 중요한 건 꿈꾸기를 그치지 않는 것이란다."

꿈꾸기를 그치지 말라고 당부했던 더그 한센은 등정 팀의 리더였던 로브 홀과 함께 에베레스트산 정상 주변의 산속에 영원히 잠들고 말았다. 한 해 전만 해도 일몰에 대비해 정상에 오르지 않기로 결정했던 리더는, 그해엔 현명한 판단을 내리지 못했다. 팀에 대한 책임감보단 더그 한센에 대한 책임감이 더 크지 않았나 싶다. 자신이 설득해 데리고 간 더그 한센에게 두 번째 실패를 맛보게 하고 싶지 않은 마음이 무리한 시도를 하게 만들었고, 결국 로브 홀도 더그 한센 곁에서 숨을 거뒀다.

목숨과 바꾼 두 번째 등정에서 더그 한센은 정상을 찍었다. 하지만 정상을 오르기 전부터 그의 상태는 매우 좋지 않았다. 책을 읽는 동안 궁금해졌다. 그가 정상에 올랐을 때 기분은 어땠을까? 꿈의 공간에서 생을 끝낸 그는 과연 행복했을까? 혹시 다시 돌아간다면 어린 학생에게 보냈던, 그 답장을 수정하고 싶을까? 무모한 꿈을 꾸며 살아가는 사람들을 보면 종종 그가 생각났다.

가장 높이 날고 싶었던 심덕출 할아버지

최근 무모한 꿈을 꾸는 자를 텔레비전 속 드라마에서 보았다. 내가 빠져든 인물은 드라마「나빌레라」의 심덕출 할아버지다. 공교롭게도 그는 더그 한센과 같은 일을 수십 년 하다 정년퇴직했다. 그는 일흔 살의 나이에 발레를 시작한다. 취미가 아니라, 남은 생의 사활을 걸고, 죽기 전 무대에 꼭 서보리라는 각오를 다지며 발레를 배운다. 시작도 하기 전에 넘어야 할 장애물들이 만만치 않다. 발레복을 입는 것조차 자식들에게 민폐 끼치는 일이라 생각하는 아내를 설득하는 일부터, 마음처럼 따라주지 않는 체력까지……. 극 중에서 그는 알츠하이머를 앓게 되지만 굳이 그런 설정이 없었어도, 나는 심덕출이라는 인물에게 큰 매력을 느꼈고, 마음을 다해 응원하게 되었다.

근육통으로 밤새 앓을 때도, 고작 취미 하나 때문에 자식들에게 모진 말을 들을 때도, 다음 날 아침이면 가방 하나 메고 종종걸음으로 연습실을 가는 할아버지의 뒷모습엔 행복감이 가득했다. 나는 그 행복한 걸음이 어디에서 오는지 안다. 그래서 일흔 살이 되어도 여전히 꿈을 꾸는 사람들의 마음은 변함이 없구나 생각하다가, 문득 더 그 한센이 떠올랐다.

그러면서 오래전에 가졌던 의문이 풀렸다. 아, 그도 행복했겠구나. 자신을 응원하던 어린 소녀에게 답장을 쓸 때도, 정상을 향해 올라가던 그 순간에도 행복감이 깃들었겠구나. 행복은 꿈을 이루는 과정에 이미 있으니까. 꿈을 이루는 건 행복함의 절정이자 결말이다. 꿈이 이뤄지면 더는 종종거리는 그 걸음을 걸을 수가 없으며, 그 종종걸음을 추억할 뿐이다.

최근 우리 부부는 제주 시내 변두리에 30년 된 집을 사서 리모델링 공사를 했다. 원래 임대로 살던 집 바로 맞은편이었기 때문에 남편은 공사 기간 내내 출근길에 한번, 퇴근길에 한 번, 자기 전에 한 번, 수시로 드나들며 집을 살폈다. 공사를 맡은 업체 사람들의 눈치가 보일 정도여서 남편에게 몇 차례 주의를 주었지만 '생애 첫 집'에 대한 애정은 차고 넘쳐서 아무리 자제하려 해도 몸이 가만히 있질 못했다. 두 달이 넘는 시간 동안 남편은 '미완성 집'과의 연애에 집중했다. 공사가 끝나고 이사를 한 뒤에도 간혹 "그때 그 열정이 그립다"라고 말할 정도였다.

무언가에 집중하고 있을 때의 행복감엔 보통 그에 따른 스트레스가 같이 찾아온다. 발레가 너무나 좋은 심덕출 할아버지는 잘하고 싶은 마음에 수천 번 연습하지만, 크게 달라지지 않은 자신을 마주하며 힘들어한다. 생애 첫 집에 애정 가득했던 남편도 지지부진한 공사에 매일 안달복달했다. 나 역시도 글을 쓸 때면 땅이 꺼질 듯 한숨을 쉬고 머리카락을 쥐어뜯는다. 그땐 정말 고통스럽다. 하지만 그럼에도 포기하지 않는 이유는 꿈을 이루며 느끼는 행복감은, 같이 따라오는 고통 따위와는 비교할 수 없을 정도로 크기 때문이다.

꿈은 이루기 직전까지만 살아 있다. 그렇다면 더그 한센은 꿈을 이룬 공간에 박제된 것이나 마찬가지다. 그렇기에 그의 삶을 처절하다거나 비통하다고 표현할 수 없다. 그는 어쩌면 영원히 행복한 채로, 꿈을 이룬 기쁨이 가시지 않은 채로 산속에 남았을 테니까. 에베레스트산을 등정하는 동안 자신이 잘못될지도 모른다는 생각은 늘 하지 않았을까? 끊임없이 자신에게 묻고 또 묻지 않았을까? "여기서 죽어도 후회 없겠느냐"라고. 충분히 묻고 매 순간 같은 대답을 하지 않았을까?

혹시나 어른을 앞둔 시아버지가 발레를 배운다거나, 우리 아빠가 기계체조를 본격적으로 배운다거나, 아니면 남편이 뜬금없이 안나푸르나 정상에 올라가겠다고 한다면…… "헐, 그걸 도대체 왜 해?"라는 마음의 소리가 먼저 나오지 않기를. "진짜요? 그런 꿈을 꾸고 있었던 거예요? 왜 이렇게 멋있어요?" 설레는 말투로 박수 칠 수 있는 내가 되길 연습해본다. 내게는 무모해 보일지언정, 수차례 자신에게 되물으며 결정한 당사자의 꿈을 내가 함부로 재단하지 않기를 바라본다.

『삼미 슈퍼스타즈의
마지막 팬클럽』, 박민규

꼴찌를 응원하는 사람들

1982년 프로야구의 시작과 함께 창단되었다가 3년 반
만에 역사 속으로 사라진 구단인 삼미 슈퍼스타즈는 잊
을 만하면 한 번씩 회자된다. 박민규의 소설 『삼미 슈퍼
스타즈의 마지막 팬클럽』이 큰 인기를 끌었을 때, 또 「슈
퍼스타 감사용」이란 영화가 개봉했을 때 그랬다. 그리고
최근엔 KBO 역사상 최다 연패(18연패)였던 삼미의 기록

을 한화 이글스가 타이를 이뤄냄으로써(2019년) 언론매체 기사 속에 한참 등장했다.

난 한화 팬도 아니지만, 그때 한화 이글스가 부디 신기록을 세우지 않기를 간절히 바랐던 사람이다. 한화의 팬과는 다른 의미로 한화를 응원하며 19연패가 되지 않기를 기도했다. 그래도 간간이 소설이나 영화 속에서 부활하던 삼미 슈퍼스타즈의 설 자리가 없어지기 때문이었다. 슈퍼스타가 하나도 없던 슈퍼스타즈가 이렇게 굴욕적인 기록으로나마 사람들 기억 속에 남아 있기를 바랐다. 다행히(?) 한화는 그 기록을 깨뜨리지 않았고, 이글스의 팬들은 그날 한국시리즈 우승을 한 것처럼 울었다.

1등이 있으려면,
꼴찌도 필요해

박민규의 소설『삼미 슈퍼스타즈의 마지막 팬클럽』은 소설 속 화자가 중학생일 때 창단된 삼미 슈퍼스타즈의 '슈퍼스타'답지 않은 경기 기록을 나열하며 시작한다. 3년

반 동안 어린 마음에 깊은 상처만 안기고 떠난 삼미의 추억을 되새기며 주인공은 고등학교, 대학교, 그리고 결혼과 이혼을 거치며 살아간다. 삶은 경쟁으로 시작되어 경쟁으로 끝난다는 것을 깨달으며, 결국 '구조조정'의 경쟁에서 낙오된 화자는 중학교 시절, 모두가 삼미 슈퍼스타즈에게 등 돌리던 때 유일하게 삼미 팬으로 남았던 친구들과 야구팀을 결성한다. 이름하여, '삼미 슈퍼스타즈의 마지막 팬클럽.' 우연히 같은 운동장에서 야구 연습을 하던 팀과 경기를 하게 되는데, 이기려 하지 않고 일부러 지는 경기를 하며 이야기는 끝이 난다.

　이 책의 묘미는 삼미의 '찐팬'이 어떤 마음으로 삼미의 경기를 봐왔는지 기록하는 앞부분에 있다. 정말 페이지마다 웃음 폭탄이 장착되어 있어서, 읽다 말고 엎드려서 낄낄댄 적이 한두 번이 아니다. 야구에 대해 아는 사람이라면 아마도 만화책 읽는 기분이 들 것이다. 하지만 그건 나처럼 응원하는 팀이 없거나 꼴찌 팀의 팬이 아닐 경우에나 가능하다는 걸, 같이 사는 남자에게 소설의 빵 터지는 대목 몇 군데를 읽어주었을 때 알게 되었다.

　"우리의 슈퍼스타즈는 마치 지기 위해 이 땅에 내려

온 패배의 화신과도 같았다"나 "삼미의 경기는 상식을 벗어난 경기였다" 등의 대목을 읽어주자, 남편은 웃음기 하나 없이 고개를 숙이며 말했다. "내 마음이 바로 그 마음이야." 롯데 자이언츠의 오랜 팬인 남편은 그 재미있는 대목을 재미있어하지 않았다. 몇 해째 꼴찌(나 다름없는) 순위에서 벗어나지 못하는 모습은 '찐팬'에겐 견디기 힘든 일이었다.

선우가 첫돌을 맞을 무렵, 나는 같이 사는 두 남자에게 롯데 자이언츠의 저지를 선물해주었다. 그때 남편은 몹시 기뻐했다. "이거 입고 부산 구장에 가을 야구를 보러 갈 것"이라고 장담했다. 하지만 가을 야구의 꿈은 도무지 가까워지지 않았다. 이러다 옷이 작아져버릴까 봐 나는 선우에게 저지를 입혀 등원시키곤 했는데, 그 모습을 볼 때마다 남편은 "상위권일 때 입히지…… 놀림당하면 어쩌려고" 하며 풀이 죽어 출근했다. 네 살도 채 안 된 아이들이 야구 순위를 어찌 알 것이며, 상위권이 도무지 안 되는 걸 나더러 어쩌라는 것인지.

꼴찌가
행복할 순 없을까?

사실 나야 응원하는 팀이 없으니 1등이면 어떻고, 또 꼴찌면 어떠냐며 관조할 수 있지만, 야구가 아니더라도 내가 사랑하는 대상이 꼴찌를 한다면, 행여 그 대상이 아들 문선우라면? 하고 예시를 대입해보니, 하…… 벌써 애가 타고 손이 떨린다. 이거, 남의 이야기가 아니잖아?

경쟁은 인간의 본능일까? 아니면, 사회적으로 습득되는 걸까? 워낙 어린 시절부터 자연스럽게 경쟁하는 걸 보면 본능에 더 가까워 보인다. 어린아이들이 노는 모습을 관찰하면 더 그렇다. 어린이의 세계는 맹수와 같다. 동물의 왕국이다. 어린아이들은 "내가 먼저!"라는 말을 달고 산다. 달리기를 해도 "내가 1등이야!" 하지, 그 누구도 자발적으로 꼴찌가 되려 하지 않는다. 낙오하지 않으려 경쟁하고 이기려 드는 건 본능이며, 이후 인격적으로 다듬어지면서 사회적인 경쟁을 습득하는 것 같다.

선우는 인지 능력에 비하면 신체 반응은 조금 느리다. 겁이 많아서 미끄럼틀이나 사다리를 타는 것도 다른 아이들보다 늦게 시작했다. 그래서 친구와 경쟁 구도에 놓이는 상황이 생기면 스트레스를 받는다. 본인이 가지고 놀던 걸 빼앗기거나, 걸음이 느려 먼저 도착하지 못하면 얼굴에 서러움이 가득해진다. 그래서인지 선우는 될 수 있으면 경쟁을 피하려 하고 차라리 혼자 노는 편을 택한다. 자신이 포용하는 친구의 바운더리가 좁다. 내 입장에서 아들을 볼 땐, 덜컥 걱정이 앞선다. 앞으로 세상을 살아가려면 경쟁은 피할 수 없고, 1등을 하건 꼴찌를 하건 반드시 하나는 선우의 타이틀이 될 테니까. 지금도 아들의 모든 행동에 안절부절못하는 내가 과연 아들의 꼴찌에 자유로울 수 있을까?

존재의 가치가
흔들리지 않도록

원래 이 글의 의도는, 역사 속으로 사라진 삼미 슈퍼스타즈를 회고하면서, 해마다 기대를 걸었으나 하위권을 장식하고야 마는 한화, 롯데, 기아의 팬들을 응원하는 것이었다. 꼴찌여도 괜찮다고, 져도 괜찮다고, 다독여주고 싶었다. 하지만 내가 진정 사랑하는 대상에 꼴찌를 대입해보니, 쉬 괜찮다는 말이 나오지 않았고, 또 "괜찮다"라는 말은 이미 진 표현이라, 충분하지 못했다. 그래서 글을 쓰다 말고 남편에게 전화를 걸어 물었다.

"선우가 시험이나, 달리기에서 꼴찌 하면 어떨 것 같아?"

"음…… 뭐 그래도 괜찮을 것 같은데?"

"근데 자기는 롯데가 꼴찌 하면 되게 슬퍼하고 우울해하잖아."

"그래도 다음 날이면 다 괜찮아져. 그러니까 이렇게 오래 롯데를 응원하지. 그리고 나는 롯데가 다시 올라갈 것이라는 믿음이 있어. 그게 언제든. 선우에게도 같은 마음이야."

『삼미 슈퍼스타즈의 마지막 팬클럽』을 읽으며 내가 얻은 깨달음은 '1등이 있으려면 반드시 꼴찌도 필요하다. 그러므로 삼미는 꼭 필요한 존재였다'라는 것이다. 그래서 그들은 마지막에 '일부러 져주는 경기'를 펼치며 자신들이 생각하는 삼미의 가치관을 실행한다. 허무맹랑한 이야기일지도 모르겠다. 그렇게 꼴찌를 하던 삼미 슈퍼스타즈는 세상에서 사라졌지만, 그렇다고 완전히 사라진 것도 아니다. 삼미 슈퍼스타즈는 청보 핀토스, 태평양 돌핀스의 전신이 되었고, 현대 유니콘스, SK 와이번스, 지금은 신세계 랜더스라는 다른 이름으로 계속 이어지고 있으니까.

이제 와서 내가 어느 경쟁에서 꼴찌를 한다면 크게 마음 상하지 않을 것 같다. 이미 살 만큼 살아서인지, 아니면 숱하게 져왔기 때문에 이골이 난 것인지, 알 수는 없다. 지나고 나면 아무것도 아닌 것을 이제는 알기 때문일지도 모르겠다.

하지만 내가 사랑하는 대상이 꼴찌를 하면, 대상의 기분을 생각하느라 내 마음도 아플 것 같다. 꼴찌를 응원하는 팬들이 다 같은 마음이 아닐까. 그럴 때마다 삼미 슈퍼스타즈를 생각해야겠다. 사랑하는 사람이 앞으로 겪게 될 숱한 경쟁에서 지거나 낙오할 때, 네가 얼마나 '필요한 존재'인지를 잘 설명해주는 내가 되기 위해.

우리 삶을 지켜낸
세상의 '익명'들에 대하여

~~~~~,~~~.

『돌의 연대기』,
이스마일 카다레

—————.

가치 없어 보이는 것들의
의미를 새기는 사람들

2019년엔 한 해 동안 읽은 책이 열 권도 채 되지 않았다. 신생아를 키울 때도 젖을 물려놓고 그것보다는 많이 읽었는데. 만 세 살이 안 된 꼬마아이를 키우며 『누구의 삶도 틀리지 않았다』의 원고를 쓸 땐 도무지 다른 책을 읽을 여유가 생기질 않았다. 하지만 비루한 독서량을 후회하지 않는 이유의 8할은 바로 이 책, 이스마일 카다레의 『돌의 연대기』를 만났기 때문이다.

『돌의 연대기』는 한 소년의 눈에 비친 '돌의 도시'라 불리는 마을의 이야기다. 그곳에서 나고 자란 소년의 성장기이기도 하고, 자고 일어나면 독일, 그리스, 이탈리아에게 번갈아가며 점령당하는, 어느 곳에도 소속될 수 없는 땅의 이야기이기도 하다. 100페이지 넘게 읽었는데도, 소설 속 화자의 이름이 무엇인지, 나이는 어떻게 되는지 알 수 없을뿐더러 그가 사는 도시에 대한 지명도 모호했다.

그저 지대가 높은 언덕 비탈을 따라 집이 들어선 마을이기 때문에 "한 집의 용마루가 다른 집 들보에 닿아 있던 이상한 도시" "돌로 이루어진 거칠고 차가운 도시" "지겹도록 이어지는 전쟁의 와중에 그 모두와 홀로 맞서고 있는 도시"로 묘사될 뿐이다. 이 이름 모를 소년보다 오히려 돌의 도시가 주인공일지도 모른다는 생각이 들 때쯤 그제야 궁금해져서 책을 읽다 말고, 노트북을 켜고 이 책에 대한 정보를 검색해보았다.

어제는 적이 점령하고,
오늘은 적의 적이 점령하는 도시

『돌의 연대기』에 등장하는 이 도시는 실제로 존재한다. 2차 세계대전 당시 군사 요충지로 수차례 여러 나라에 점령당했던 알바니아 남부 도시 지로카스트라가 그 배경이고, 그 도시는 저자인 이스마일 카다레의 고향이다. 이름 모를 소년은 작가 자신이었고, 전쟁 당시 직접 겪었던 이야기를 소설화했다. 실제 그가 쓴 수많은 소설은 자신의 조국인 알바니아가 모티프가 되었고, 그의 소설은 세계적으로 칭송받아 '자신의 조국보다 유명한 작가'라는 별명을 얻었다. 매번 노벨 문학상 후보에 이름을 올릴 만큼 대단한 작가이지만, 나는 그가 2019년 박경리문학상을 수상한 기념으로 내한한 기사를 보고서야 알게 되었다.

　열 살이 채 되지 않았던 소년의 시각으로 쓰인 소설이기에 내용은 전혀 무거워 보이지 않았지만, 역사적 배경을 알고 보니, 순수한 말투 속에 숨은 의미는 꽤 무거웠다. 점령 도시에 따라 마을 주민이 어제는 동지였다가 오늘은 적이 되는 아이러니함 속에 묻힌 슬픔도 크게 다가

왔다. 읽는 동안 나는 틈틈이 구글맵을 열어 알바니아 지도를 살펴보았고, 지로카스트라의 사진을 보며 책의 결말이 너무 슬프게만 끝나지 않기를 바랐다. '세상에서 가장 경사진 도시'라는 별명이 붙은 도시는 언뜻 보면 부산의 보수동 같았고, 단단한 성체를 둘러싸고 있는 돌담은 제주의 돌담과 비슷해 보였다.

그 도시를 먹여 살린
익명성

"우리는 저기 있는 저 도시에서 왔소이다. 우리로 말하면 아는 것이라곤 저 돌뿐이오. 돌들도 사람처럼 젊거나 늙었고, 냉혹하거나 부드럽고, 상냥하거나 무뚝뚝하기도 하다오. (……) 그러면서도 이 땅 위에 끝없이 줄지어 늘어서서, 대가를 기대하지 않고 헌신하는 것들이라오. 익명, 세상 끝날 때까지 익명인 민중처럼 말이오."

이 구절을 읽으며 그 어떤 깊은 곶자왈에 들어가도 길게 쌓아 늘어져 있는 제주의 검은 돌이 생각났다. 그 검은 돌담은 제주의 바람을 막아주고, 소와 말이 온전히 집으로 돌아올 수 있도록 안내하며, 제주 4·3의 비극 때는 이유도 모른 채 죽음으로부터 도망쳐야 했던 사람들의 은신처가 되어주었다.

제주 역시 지로카스트라처럼 땅 전체가 돌로 되어 있고, 그래서 돌은 제주에서 가장 흔한 것이었다. 여전히 그 가치를 알아주지 않지만, 결국 그 땅을 지키고 먹여 살린 것은 그토록 흔한 '익명'들이었다.

익명이 지닌
영원성에 대해

조환진 선생님은 내가 제주 로컬매거진의 객원기자로 일하면서 인터뷰이로 만났던 사람이다. 미술을 전공했지만, 지금은 제주에서 돌담 쌓는 일을 한다. 평생 석공 일을 하셨던 아버지 밑에서 자란 덕에 돌담 쌓는 풍경은 일상이었고, 딱히 관심을 두지 않아도 운명처럼 계속 '돌'과 얽혔다. 조경 일을 지원했는데, 돌 쌓는 일 보조로 들어간다든가, 김영갑 선생님께 사진을 배우러 두모악에 갔는데, 거기서 돌담을 쌓게 된다든가 하는 식이었다.

본격적으로 돌과 사랑에 빠진 것은, 결혼을 앞두고 '어떻게 하면 최소한의 비용으로 집을 마련할 수 있을까' 고민하다가 '발길에 차이는 돌로 집을 지으면 어떨까' 하는 생각을 실행에 옮기면서부터이다. 당시에 돌은 아무렇게나 가져다 써도 돈이 들지 않았으니까.

그렇게 수년에 걸쳐 돌집을 지으면서 돌에 대한 철학도 같이 쌓여갔다. 제주를 먹여 살리는 것은 돌인데, 왜 사람들은 돌과 관련된 일이 가치 없다고 생각하는지, 돌담 장인은 왜 없는지, 의문을 갖게 되었다. 그러다 남의 집 돌담을 쌓는 일로 돈을 벌고, 일이 없는 날엔 몇 명 남지 않은 돌담 장인을 만나 그들의 익명성과 돌의 소중함을 세상에 알리는 데 시간을 쓴다. 그런 그가 인터뷰 말미에 자신의 아버지가 한 말을 들려주었다.

"어느 날 제가 아버지께 물었어요. '아버지, 돌은 얼마나 갈까요? 얼마 동안 무너지지 않고 있을까요?' 그랬더니 아버지께서 '누말년 간다' 하셨죠. 수만 년 간단 뜻이었어요. 실제로 돌이 풍화되어 없어지기까지 얼마나 오래 걸리겠어요. 아버지는 돌아가셨지만, 아버지가 쌓은 돌은 여기 남아 있는 거죠. 사람들이 그 돌담을 볼 때마다 '이 돌담 이거, 환진이네 아방('아버지'란 뜻의 제주 방언)이 쌓은 거라' 하며 기억하기도 하고요. 반대로 잘못 쌓으면 두고두고 욕먹기도 하고요."

사람은 사라져도 돌은 영원하다는 말이 오래 마음속에 남았다. 그러고 보니, 제주의 돌담은 사람이 자연에 새겨놓은 역사책이 아닌가. 흔하고 가치 없는 것의 의미를 새기는 일. 이스마일 카다레도 그런 마음으로 '익명'을 알리고자 이 소설을 쓰지 않았을까. 수차례 다른 나라들의 점령을 받으면서도, 이곳을 꿋꿋이 지켜낸 익명의 사람들을 알리기 위해서 말이다.

익명의 힘을 알리는 것은 힘든 일이다. 하지만 온갖 평지풍파에도 그 자리에 있었던 우직한 돌처럼, 그리고 돌 그 자체였던 지로카스트라처럼, 언젠가는 그의 단단하고 변함없음에 고마워할 시간이 찾아오게 마련이다.

제주의 돌담이 차곡차곡 쌓인 풍경을 바라볼 때면, 어

느새 나는 가본 적도 없는 알바니아의 지로카스트라를 떠올린다. 단단한 돌의 도시, 어느 곳에도 낄 수 없었지만, 전쟁의 한가운데를 무수히 맞았던 그 도시가 잊히지 않기를 바란다.

『이 작은 책은
언제나 나보다 크다』,
줌파 라히리

기슭을 떠나 인생의 강을
건너는 사람들

스페인어를 배우기 시작한 지는 꽤 되었다. 스물일곱 살에 남미여행을 앞두고 처음 만났으니, 무려 14년 전부터 흠모하던 언어다. 지구 반대편에 있는 나라에서 굶어 죽지 않으려고 음식 이름만 달달 외워 갔는데, 그렇게라도 그 나라 언어를 습득한 것은 여행을 더욱 풍요롭게 해주었다.

14년 전엔 남미여행을 하는 동양인 여자는 드물었다. 버스로 국경을 넘기 위해 나라와 나라 사이에 있는 조그만 마을에 도착하면, 동네 사람들이 내 주위로 바글바글 몰려들어 구경할 정도였다. 간혹 나를 보며 눈을 찢는 짓궂은 행동도 했는데, 딱히 기분 나쁘단 생각은 하지 않았다. 사는 동안 내 눈이 작단 생각을 한 번도 하지 않았는데 이곳에선 내가 그렇게 보이는구나 하는 놀라움이 먼저였다. 완벽하게 낯선 얼굴을 한 여행객이 마냥 신기한 순박한 시골 사람들의 행동이라고 생각했다.

그런 내 입에서 무려 uno(하나), dos(둘), naranja(오렌지), por favor(부탁합니다) 등의 스페인어가 나오면, 그곳 사람들은 환호에 가까운 감탄사를 내질렀다. 나는 스페인어 몇 단어로 금세 마을 전체와 친구가 되었다. 보기 드문 동양인 여자라는 것이 한몫했겠지만, 인종과 상관없이 그곳 사람들은 모두에게 친절하고 따뜻했다.

그 어떤 질문에도 귀찮은 내색 없이 친절하게 대답해주고, 그 어떤 누구와도 눈이 마주치면 활짝 웃으며 인사하는 나라였다. 여행에서 돌아와 그 어떤 누구와도 눈 마주치지 않으려 애쓰며 걷는 우리나라 사람들을 볼 때면 한동안 그곳이 그립기도 했다.

한국에 돌아와 본격적으로 스페인어를 배웠다. 학원에도 등록하고 온라인 강좌를 듣기도 했지만 오래가진 못했다. '본격적으로 시작'만 50번은 했을 것이다. 제주에 와서도 처음부터 다시 시작할지언정 스페인어를 놓지 못했다. 하지만 결과는 똑같다. 모든 단어에 성이 있으며, 성과 수에 따라 동사는 물론 형용사도 변형하는, 변형에도 불규칙이 남발하는 문법에 늘 좌절했고, 그나마도 스페인어를 쓸 일이 없는 한국에서는 쉽게 늘지 않았다. 지금도 여전히 초급의 문턱을 넘지 못하고 처음부터 다시 시작하기를 반복 중이다. 스페인어 왕초보용 교재는 '집합' 부분만 닳고 닳은 「수학의 정석」처럼 앞부분만 너덜너덜해졌다.

모국어가 모호한
그녀에게 언어란

줌파 라히리의 『이 작은 책은 언제나 나보다 크다』는 그녀가 오랫동안 배워온 이탈리아어로 쓴 책이다. 줌파 라히리를 워낙 좋아하는 터라 신간이 나오자마자 내용도 알아보지 않고 사두었는데, 무심코 몇 페이지를 읽은 후에야 알게 되었다. 모국어가 아닌 다른 언어로 쓰였다는 것을.

사실 영어도 그녀의 모국어라고는 할 수 없다. 그녀는 벵골 출신의 이민자 가정에서 태어났고, 런던 태생이지만 얼마 뒤 미국으로 이민했다. 그래서 그녀의 책엔 이민자의 가정이 자주 등장한다. 원의미로 말하자면 그녀의 모국어는 벵골어일 것이다. 하지만 서툰 모국어를 구사했고, 생활에 필요한 언어와 배우고 싶은 언어들이 자주 그녀의 마음속에서 충돌을 일으켰다. 실제로 그녀는 "일종의 언어적 추방에 익숙"했고, 모국어인 벵골어는 미국에서 보면 '외국어'이기 때문에 모국어가 외국어로 생각되는 나라에서 살아갈 땐 기묘하고도 낯선 감정으로 살아야 했다고 말했다.

줌파 라히리 가족이 종종 휴가를 떠나는 곳에는 큰 호수가 있는데, 그녀는 깊은 물이 두려워 호수를 가로지르는 수영은 하지 않고, 호수 가장자리를 따라 빙 둘러 헤엄

쳤다. 어느 날 용기를 내어 깊은 호수를 가로질러 건넜을 때 그 기쁨은 이루 말할 수가 없었단다. 그러면서 자신이 현재 공부하고 있는 언어, 이탈리아어를 떠올렸다. 지난 20년 동안 그 호수 기슭을 따라 헤엄치듯 언어를 공부했음을 깨달으며 그녀는 이렇게 다짐한다.

> "새로운 언어를 배우고 빠져들려면 기슭을 떠나야 한다. 구명대 없이, 뭍에서 팔을 몇 번 젓는지 세지 않고 말이다."

그녀는 이탈리아어의 한없이 깊고 아름답고 고요한 호수를 건너기 위해 일상 언어를 버렸다. 주위 친구들은 그녀를 위해 영어가 아닌 이탈리아어로 대화했고, 그녀는 자신의 책을 이탈리아어로 번역했다. 급기야는 언어를 위해 로마로 이사해 살았고, 영어로 된 책을 읽지 않았으며, 마침내 이탈리아어로 된 글을 출판했다.

사랑하는데,
새벽에 일어나는 일쯤이야

오정면, 문달님 선생님 부부는 30년 넘게 말레이 제도 인도네시아령 보르네오섬의 원주민들을 만났다. 원주민과 인연이 된 것은 농부인 이 부부가 1987년에 마닐라에서 열린 농민대회에 한국 대표로 참석하면서부터이다. 세미나 이후 근교로 배낭여행을 갔다가 이 섬을 만났고, 워낙 큰 섬이라 그 섬에서도 정글과 강을 거슬러 8시간은 들어가야 하는 마을의 원주민과 친구가 된 것이다. 부부는 그들의 필요를 채워주기 위해 해마다 농사법과 필요한 약을 전달하러 그곳에 간다. 원주민들은 당연히 영어를 할 줄 몰랐고, 선생님 부부는 첫 만남을 갖고 돌아온 이후부터 인도네시아어를 공부하기 시작했다.

　친구 효정 덕분에 훗날 상주에 있는 선생님 부부를 찾아가 뵙고 집에서 하룻밤 보낸 적이 있다. 당시 효정은 인터뷰를 위해 선생님 부부를 만났다. 2006년이었고, 그때 막 보르네오섬에 가기 위해 출국을 앞두고 계셨다. 19번째 방문이라고 하셨다. 이후 수년이 지나 찾아뵈었을 때는 두 분 모두 일흔 살을 훌쩍 넘긴 뒤였다. 그때 나는 선생님께 여쭤보았다.

"아직도 인도네시아어 공부하세요?"

"아, 물론이지요! 매일 새벽 3시 30분에 일어나 해가 뜨기 전까지 인도네시아어 공부를 합니다."(딸뻘인데도 선생님은 나에게 말을 놓지 않으셨다.) 하시며 인도네시아 단어와 숙어, 회화 문장을 가득 써놓은 공책을 보여주셨다. 30년 가까이 매일 두세 시간씩 '그리운 누군가'를 생각하며 써 내려간 공부의 흔적은 가히 아름다웠고 동시에 나를 부끄럽게 만들었다.

더 나아가지 못하게
만드는 습관

생각해보면 나는 글을 쓸 때도 언어를 배울 때도 더 나아가기보단, 매번 할 수 있겠단 확신의 경계 안에서만 움직였다. 부담감을 안고 싶지 않았다. 하지만 부담감을 가지고 결단하지 않는다면, 10년이 지나도, 20년이 지나도 제자리걸음일 것이다. 조금 더 깊이 있는 사람이 되기 위해선 "친숙하고 중요한 것은 남겨두고 떠날 필요가 있다"라는 줌파 라히리의 말을 실행에 옮겨야 한다. 나는 매번 주위의 것들을 핑계 대며 발전을 미뤄왔다. 나의 성장을 방해하는 것은 모질지 못한 성향, 간절하지 않은 간절함, 뒤로 미루는 습관이었다.

기슭에서 발을 떼고 깊은 강을 건널 때는 무엇보다 '본인의 의지'가 중요하다. 오늘 나 자신에게 간절함이 있는지 물어본다. 줌파 라히리처럼 스페인어로 된 책은 쓰지 않더라도, 오정면, 문달님 선생님처럼 내가 좋아하는 땅의 사람들과 즐거운 대화는 나누고 싶다는 결론에 이르렀다.

환갑 즈음, 장성한 아들이 군대에 가 있을 나이가 되면 남편과 함께 산티아고 순례길을 다시 한번 걷기로 약속했다. 그땐 길 위에서 만나는 세계인들과 유창한 스페인어로 대화하는 것이 나의 가장 큰 목표이다. 나는 아들을 재우고 난 뒤 밤마다 30분씩 스페인어 공부를 하고 있다. 복습 예습 따위는 없기 때문에 어제 배운 문장이 오늘은 생각나지 않는, 여전히 강기슭에서 맴돌고 있는 하찮은 공부가 계속되고 있지만, 포기하지는 않겠다. 나에겐 아직 19년이란 시간이 남아 있다.

『그 길에서 나를 만나다』.

하페 케르켈링

서로에게 천사가 되어주는

먼지 같은 사람들

앞서 카미노를 걸었던 직장 선배는 훗날 내가 그 길을 준비하고 있을 때, 판초와 배낭과 침낭 등 순례길에 필요한 많은 물품을 빌려주고, 또 관련된 책도 한 권 추천해주었다.(그런 이유로 내가 카미노에서 만난 남자와 결혼할 때, 선배는 매번 다 자기 덕인 줄 알라고 했다. 나도 100퍼센트 동의한다.)

　편식 없이 책을 읽는 편이지만, 유독 읽지 못하는 종

류의 책이 있다. 바로 사용설명서, 정보서, 그리고 자기계발서다. 미리 정보를 숙지하고 안전한 행보를 하기보다, 일단 부딪쳐보고 시행착오를 거치며 알아가는 걸 좋아하는 나는 정보서를 읽으면 뭔가 엄청난 재미를 빼앗기는 느낌이 들었다. 그래서 보고 싶은 영화나 책이 있으면 웬만하면 리뷰를 읽지 않고 꾹꾹 참는다. 그런 이유로 산티아고에 관한 수많은 정보서도 읽지 않았다.

그런 내게 선배가 추천해준 책은 독일의 유명 코미디언이 직접 카미노를 걷고 쓴 에세이 『그 길에서 나를 만나다』였다. 마침 서점에 들를 일이 있어서 책을 찾아 첫 페이지를 펼쳤는데, 그만 심장이 쿵쾅대고 말았다. 나는 책을 얼른 사 들고 서점을 나왔다. 첫 페이지엔 이렇게 적혀 있었다.

"돌이켜보면 길 위에서 신은 나를 끊임없이 공중에다 던졌다가 다시 붙잡아주었다. 그렇게 우리는 날마다 마주쳤다."

400페이지에 달하는 분량인데도 코미디언 출신 작가가 특유의 위트로 솔직하게 써 내려간 글은 단숨에 읽혔다. 저자와 나는 산티아고행을 결정한 이유와 길 위에서 이루고픈 소원이 같았다. 사실 카미노를 걷는 대부분이 같은 마음이지 않을까? '나'와 '신'을 찾아 떠나는 길이길 바라는. 그래서인지 먼저 떠난 그의 기록은 아직 떠나지 않은 내게도 공감을 주기에 충분했다. 같은 날 길을 떠난 사람들과는 일정이 비슷하기 때문에 쉽게 친해진다. 그 사실을 알면서도 내가 동행자와 함께 가는 길을 택하지 않고 혼자 길을 걷게 된 것도 이 책의 영향이 크다. 그중에서도 이 문장을 읽었기 때문일 거다.

"많은 사람이 파트너 옆에서 잘못된 속도로 칭얼대며 몇 마일을 걷다가 서로를 증오하게 된다. 친한 친구들도 즉흥적으로 각자 헤어져서 길을 가기로 결심한다. 그래서 순례자들은 대개 혼자서

길을 간다. 리듬과 속도가 사람들을 길에서 갈라
놓는다."

난 일찌감치 누군가와 같이 걷는 일을 포기했다. 간혹
사나흘 동행자가 생기기도 했지만 어떨 땐 서로를 배려
하다가 불편해져서, 어떨 땐 피치 못할 사정으로 다시 혼
자가 되었다. 혼자 걸으려고 애써 의도할 때도 있었지만,
정말 신이 이런 상황을 만들었다고밖에 말할 수 없는 일
도 벌어졌다. 신도 내가 혼자 걷기를 바라는 것 같았다.

나는 50여 일을 거의 혼자 걸었다. 그래서 내 길이 충
만했나, 그건 절대 아니다. 나는 '사무치도록 외롭다'라
는 말이 어떤 것인지, 그 길 위에서 뼈저리게 경험했다.
어느 날은 내 곁을 스쳐 지나가는 사람들에게 으레 하는
인사 "올라, 부엔 카미노" 외엔 아무 말도 하지 않을 때
도 있었다. 동행이 있어 밤마다 술을 마시며 이야기꽃을
피우는 일도 거의 없었다. 그 외로움이 진절머리 나서 아
무도 없는 알베르게 안에서 꺼이꺼이 소리를 내며 운 적
도 있다.

나는 고작 행인1에
불과합니다

위에 언급한 카미노 선배가 언젠가 나에게 이런 말을 한 적이 있다. "넌 지구가 네 중심으로 돈다고 생각하지?" 당시엔 내가 자존감이 높다고 생각한 적이 없기에 그 말이 뜬금없었는데, 순례길을 걸으면서 선배의 말이 자주 생각났다.

나는 가히 세상이 내 중심으로 돌아가는 것처럼 살고 있었다. 나만이 만들 수 있는 특별한 이야깃거리에 자부심이 있었다. 그래서 순례길의 입구인 생장피드포르에서 배낭 자물쇠 비밀번호를 잊어버려 이틀 동안 아무것도 꺼내지 못했을 때, 눈물을 줄줄 흘리면서도 내가 만들어낸 이야기에 내심 즐거웠다.

하지만 날이 흐를수록 아무 일도 일어나지 않는 날이 많았고, 그때마다 실망스럽고 조급했다. 그때 깨달은 것이다. 나는 세상의 먼지 같은 존재라는 것을. 산티아고 길 위에서 배낭을 메고 걷는 모든 사람은 그저 "올라, 부엔 카미노"라는 대사 한 줄만 하고 사라지는 '행인1' '행인

2' '행인3'일 뿐이었다. 그것이 50일 동안 스페인의 땅끝을 횡단하며 찾은, 가장 정확한 나 자신이었다.

특히, 여태껏 사람들이 나에게 준 상처만 생각하며 살아왔는데, 나 역시도 누군가에게 상처 주는 사람임을 깨달았다. 사실 상처는 대부분 스스로 만들어내는 것이다. 그것은 '내가 갖지 못한 것'에 대해 몹시 신경을 쓰면서 '스스로 지옥을 만들며' 시작된다. 그 지옥은 뒷담화나 모함, 거짓말, 비교의식, 열등감이라는 이름으로 나에게 찾아왔다. 그렇게 나 자신을 찾아가면서 자연스럽게 나를 만든 신을 만났다. 나를 찾아가는 길이 곧 신을 만나는 길임을 나는 순례길을 걸으며 깨달았다. 남들은 박진희 순례길의 결과는 '남편을 만난 것'이라 생각할지 몰라도, 나에겐 그 외로운 길 끝에서 나를 만난 것이었다.

하지만 행인1은
소중합니다

그렇다고 세상에 먼지만도 못한 존재라는 사실을 아는

것이, 마냥 슬프거나 좌절스럽지만은 않았다. 오히려 세상의 모든 시선이 주인공에게만 향할 때 나는 나와 같은 조연들과 그들의 삶을 더 면밀히 관찰할 수 있었다. 카미노 위에서 잠시 만났다 스친 행인2와 행인3의 삶은 지금도 나를 미소 짓게 한다.

걸음이 느려서 자꾸 뒤처지는 덕에 알게 된 사실도 많았다. 예를 들면 이런 거다. 길의 2/3 지점쯤 왔을 때 만난 E 언니와는 사흘을 같이 걸었다. 언니는 15년 동안 하던 일을 그만두고 새로운 일을 시작하는 기점에 있었다. 언니는 일행이 있었는데, 발에 물집이 생겨서 도무지 일정을 같이할 수 없어 동행자를 먼저 보내고 본인은 완주를 포기할 참이었다. 그때 어느 치과대학 교수님을 우연히 만나 그분에게 발을 치료받은 후 말짱해졌다.

"그 천사 교수님이 없었다면, 나는 중간에 한국으로 돌아갔을 거야."

언니와 헤어지고 여러 날이 흘렀다. 우연히 자전거로 순례하는 한국인 아저씨를 만나 인사했고, 같이 점심을 먹으며 이야기를 나누었다. 대화 중에 알아차렸다. 그분은 바로 E 언니를 끝내 걷게 해준 천사 교수님이었다. 나는 그분께 언니의 고마움을 대신 전해드렸다. 자전거 교수님도 자신이 만났던 행인1에 대해 이야기했다.

"오세브레이로를 올라가던 길에 자전거가 고장이 나서 이도 저도 못 할 때, 한국인 어르신이 나타나 도와주셨죠. 진짜 천사가 나타난 줄 알았다니까요."

그리고 나는 산티아고에 도착해 마지막 밤을 보낼 때, 알베르게에서 그 천사 할아버지를 우연히 만났다. 그런 식이었다. 나는 행인1, 2가 지나가며 바람결에 들려준 이야기를 통해 서로가 서로에게 천사가 되는 경우를 수없이 목도했다. 그들은 그렇게 서로에게 천사가 되며 한데 엮이고 있었다. 그런 이야기를 들을 때마다 마음이 벅찼다.

반드시 어떤 깨달음을 얻으리라! 하며 떠난 순례길은 아니었지만, 결국은 그곳에서 가장 소중한 걸 얻고 돌아왔다. 나는 세상에 먼지와 같은 존재라는 것. 하지만 그 먼지들은 대가 없이 누군가를 돕고, 자신도 모르는 사이에 천사가 된다는 것. 그리고 이렇게 묵묵히 걷다 보면 어느새 뜻하던 바를 이루고 종착지에 다다르게 된다는 것. 그것은 내 인생의 모든 면에 적용되는 깨달음이었다.

가톨릭 신자들은 카미노를 시작하기 전 성모 발현지인 프랑스 루르드에 들러 성수를 떠온다고 한다. 내가 길 위에서 만났던 클라라도 루르드를 들렀다 온 한국인 여자아이였다. 클라라는 내게 이런 이야기를 들려주었다.

"루르드에서 성지순례 온 한 한국인을 만났어요. 저에게 여행 왔냐고 물어서 카미노 순례길을 걷는다고 했더니, 그분이 그런 이야길 해주시더라고요. '전 병원에서 일하는데, 근무하시던 여자 의사 선생님 한 분이 그만두고 그 길을 걸었어요. 빈듯한 직장을 포기하고 가는 거니 나로선 이해가 되지 않았거든요. 한 1년쯤 지났나? 우연히 마주쳐서 근황을 물어봤는데,「정글의 법칙」프로그램 의료진으로 활동하고 있더라고요. 아마도 순례길이 만들어준 직업이 아닐까요?'"

행인1, 행인2가 만들어내는 이야기는 이토록 드라마틱하다.

_____, _____.

~~~~~~~~~~~~~~~~~~~~~~~~~~~~~~~~, ~~~~~~~~~~~~~~~~~~~
PART 2.

_____, _____?

！- -

너라는
기적을
만나,

~~~~~~~~~~~~~~~~~~~~~~~~~~~~~。

나라는
세계가
되고

＿＿＿＿＿＿＿＿‥‥‥‥．

〜〜〜〜〜〜〜〜〜.

『빌러비드』,
토니 모리슨

————————————

그럼에도, 사랑을
멈추지 않는 사람들

10여 년 전, 아프리카 케냐에서 짧은 시간 동안 살았다. 고작 두 달 남짓이긴 해도 한국인 선교사가 세운 고아원 안에서만 지냈기 때문에 여행이라는 표현보단 '살았다'라는 단어를 쓰고 싶다.

　'아프리카' 하면 파란색 교복을 입은 케냐 아이들이 가장 먼저 떠오른다. 특히 그 까맣고 동그란 뒤통수. 도대체 신생아 시절 잠을 어떻게 잤기에 저렇게 완벽한 두상을 가졌을까? 어디를 둘러봐도 모두가 그렇게 예쁜 머리통을 갖고 있어서, 책받침처럼 납작한 뒷머리를 지닌 내겐 오히려 고아원 아이들이 선망의 대상이었다. 정말이지 매일 봐도 지겹지 않았다.(여담이지만 동그란 두상을 동경한 탓인지, 내 아이는 앞뒤로 완벽한 짱구로 태어나 지금까지 상위 1퍼센트의 머리 크기를 자랑한다.)

동그란 머리로도 충분히 예쁜데, 아이들은 노래도 잘 불렀고 처음 보는 악기도 곧잘 연주했다. 흥이 많은 민족이라 하루에 반나절은 춤추고 노래하며 보냈다. 누군가가 선창하면 본능적으로 화음을 넣어 합창했다. 마른 모래가 풀풀 날리는 학교 운동장에 앉아 누가 그만하라고 외치기 전에는 절대 끝나지 않을 노래를 원 없이 들었다. 전기조차 들어오지 않던 작은 마을이었다. 텔레비전과 휴대폰은 당연히 볼 수 없었고, 불도 들어오지 않아 밤에는 호롱불만 켜놓고 지냈는데도 한순간도 지겹지 않았다.

내 인생에 특별했던 순간을 꼽으라면, 역시나 아프리카에서의 기억을 가장 먼저 꺼낼 것이다. 맑은 눈망울을 지닌 아이들에게 전적으로 사랑받던 순간이니까. 내가 어떤 일을 하는지, 돈은 얼마나 있는지, 외모는 출중한지, 몇 살인지, 키가 몇 센티미터인지…… 하등 중요하지 않았다.

아이들은 눈부시게 맑은 눈빛으로 나를 바라보았고, 사랑했고, 무엇이 필요한지 관찰했고, 나를 위해 무언가를 하고 싶어 했고, 내가 밝게 웃기를 바랐다. 가장 약한 존재라고 생각했던 사람들을 도울 마음으로 도착한 아프리카였지만, 도리어 내가 더 많은 도움을 받고 있었다.

고아원에는 인지적으로 발달이 느린 아이가 하나 있었다. 고아원의 아침은 누군가가 그 아이의 이름을 부르는 소리로 시작되었다. 주로 (애정이 담긴) 혼내는 소리였다. "기마니! 양말을 안 신었잖아!" "기마니, 물을 틀어놓고 가면 어떡해!" "기마니, 책가방 가져가야지!"

"기마니!"는 마치 하루의 시작을 알리는 알람 소리 같 았다.

고아원 낡은 벽에 벽화를 그리고 뒷정리를 하고 있을 때였다. 손에 물감이 잔뜩 묻은 나에게 기마니가 와서 (늘 제가 받던) 잔소리를 했다. 손이 그게 뭐냐고, 얼른 씻고 오 라는 거였다. 나는 웃으며 "뒷정리 다하고 씻으러 갈 거 다"라고 보디랭귀지로 말해주었다.

제대로 못 알아들었는지, 조금 뒤 기마니는 양동이에 물을 가득 받아 들고 와 내 앞에 내려놓았다. 아마도 내가 수돗가까지 가기 귀찮아서 씻지 않는다고 생각한 듯했 다. 나는 출렁거리는 물을 보며 울컥 눈물이 났다. 도대체 내가 뭐라고, 뭐라고 이렇게 사랑해주는 거야?

아프리카에 머무는 동안 종종 의문을 가졌다. 신체를 봐도, 예술적 감각을 봐도 무엇 하나 열등하지 않은데, 단 지 피부색이 검다는 이유로 왜 그토록 오랫동안 하얀 인 간들에게 지배와 핍박을 당했을까? 그리고 앞으로 얼마 나 더 가난해야 하는 걸까?

아무리 생각해도 총과 칼을 사용할 줄 아는 것 외에는 더 잘난 것 없는 이들이 오랜 시간 — 아니 아직도 — 검은 사람들을 차별하고 학대하고 때리고 죽였다. 신대륙에서 발견된 흑인들, 그리고 그들의 후손은 오랜 기간 사람으로 취급받지 못했다. 사슬에 묶인 채 짐짝처럼 배에 실려 낯선 땅으로 왔고, 사람이 아니라 노예의 신분이 되어 누군가의 부를 늘리기 위해 짐승처럼 교미당했고, 동물원에 갇혀 구경거리가 되었다. 태어난 자식이 자신처럼 노예가 되느니 죽는 게 낫겠다 싶어 아이의 목을 도끼로 찍는 일도 벌어졌다.

토니 모리슨의 『빌러비드』는 바로 그 실화를 바탕으로 만들어진 소설이다. 엄마 세서의 손에서 죽어간 두 살 난 아이의 이름은 빌러비드. 사실 이름도 아니었다. 목사가 입버릇처럼 하는 말인 '사랑받은 자', 아이의 묘비명에 적힌 그 한마디가 이름이 되었을 뿐이다.

아이가 죽은 뒤 흐른 시간만큼 자란 빌러비드는 세서

의 곁으로 온다. 죽은 아이가 돌아온 건지, 그와 같은 모양을 한 귀신이나 환영을 보는 건진 읽는 내내 확실치 않으나, 현재를 살아가는 세서 곁으로 잊고 싶었던 과거가 자꾸만 돌아온다. 사실은 잊고 싶지 않아서 세서가 끊임없이 기억을 떠올리는지도 모르겠다.

토니 모리슨은 죽었던 빌러비드와 그럼에도 살아내는 세서를 만나게 해 노예제와 인종차별이라는 역사의 슬픔을 이야기한다. 세서와 빌러비드는 토니 모리슨의 펜 끝에서 슬프고도 아름답게 표현된다. 특히 매질당한 세서의 등에 난 상처를 벚나무 가지에 비유해 써 내려간 부분을 읽을 땐 슬프기보단 아름다워서 눈물을 흘렸던 기억이 있다. 대작가는 이 소설을, 단 한 번도 사랑받지 못했는데 사랑받은 자로 이름 지어진 아이를 위해 보상이라도 하듯 작정하고 쓴 것 같았다. 최선을 다해 사랑함을 표현하려고.

돌아보면 역사는 온갖 만행의 연속이다. 원주민을 점령하며, 전쟁을 일으키며, 인체실험을 하며, 군인들의 욕정을 채우며, 상상할 수 없는 짓을 사람이 사람에게 행했다. 이젠 그 미개한 일들이 사라지고 없느냐, 그것도 아니다. 끔찍한 일들은 아직도 지구 곳곳에서 일어난다. 왜 그랬을까? 왜 그렇게 미워하고 죽이고 쉽게 때렸을까. 오지 않을 미래에 대한 불안감 때문일까? 이들을 사유재산으로 삼아 좀 더 편하게 살고 부를 이뤄가고 싶은데, 혹시나 이들이 폭동을 일으킬까 봐, 부당하다고 생각할까 봐, 아예 생각의 고리를 끊어내고자 점점 악랄해진 걸까? 세상은 한 치 앞도 예측할 수 없는 인간이 불안감을 어쩌질 못해 미리 저질러버린 일들로 가득하고, 또 다수의 선한 인간이 그 일들을 수습하며 흘러가는 듯하다.

그럼에도
당신을 사랑하겠노라고

소수의 인간이 망쳐놓은 세상을 수습하는 한 흑인 청년의 모습을 영상을 통해 본 적이 있다. 재판정에 증인으로 선 그의 이름은 브렌트 진. 얼마 전 그의 형은 자기 집에서 텔레비전을 보고 있다가, 집을 잘못 찾아 들어온 백인 경찰관 총에 맞아 죽었다.

가해자가 받은 실형이 가벼워 수많은 사람이 분노할 때, 법정에 선 진은 그녀를 용서한다고 말했다. 한 명의 사람으로 당신을 사랑하겠노라고. 그러면서 가능할지 모르겠지만 지금 그녀를 한번 안아도 되냐고 말했다. 중간 중간 떨리는 목소리에서 정말 쉽지 않은 말을 하고 있다는 것이 느껴졌다. 법정에 선 두 사람이 서로를 안으며 울었다. 그 어떤 영화의 장면과도 비교할 수 없었다.

사실, 사회적 약자가 수많은 사람의 마음을 무장 해제시킨 일이 어디 한두 번인가. 꼴도 보기 싫은 뉴스가 넘쳐나는 세상에서 그나마 살아갈 힘을 주는 소식은 약한 사람들의 선행이었다. 그때 물통을 들고 와 내 앞에 내려놓던 기마니처럼, 자신의 형을 죽인 자를 용서하고 안아준 브렌트 진처럼.

아프리카의 기억을 오래 간직하는 것은, 무엇보다 약한 존재가 나를 단단하게 사랑하는 것을 느꼈기 때문이다. 머리를 굴리며 도무지 성격에 맞지 않는 정치를 하며 일해야 했던 시절에 가장 큰 위로가 된 것은 파란색 교복의 뒤통수가 동그란 아이들이었다. 아마도 그때부터였을 것이다. 약한 자가 큰 힘을 지녔다고 믿게 된 것이. 그런 의미에서 『빌러비드』는 얼마나 고마운 책인지. 이토록 약한 존재를 있는 힘을 다해 사랑하고 있음을 표현하니 말이다.

조카의 마음속엔
아직도 외계인이 산다

〰〰〰〰,〰〰.
「공생 가설」, 김초엽

———————.
외계성을 간직하고
사는 사람들

김초엽의 「공생 가설」은 그녀의 소설집 『우리가 빛의 속도로 갈 수 없다면』에 실린 이야기 중 내가 가장 좋아하는 단편소설이다. 이 책을 읽었던 날, 신선한 충격이 가시질 않아 퇴근한 남편을 보자마자 내용을 조잘조잘 이야기해주었던 기억이 있다.

천재 화가였던 류드밀라는 보육원에서 자랐다. 그녀

는 어릴 적부터 자신이 다른 행성에서 왔다고 믿었다. 사람들은 어린 소녀의 공상이라 생각했지만, 성인이 되어서도 류드밀라의 믿음은 사라지지 않는다. 그녀는 자신의 행성을 그리기 시작했다. 사람들은 류드밀라의 그림 앞에서 이유를 알 수 없는 눈물을 흘리며 위로받았고, 그림 속 신비로운 세계를 '류드밀라의 행성'이라 부르며 칭송했다. 그때까지도 사람들은 천재 화가의 가상 속 세계라고 생각했는데, 화가가 세상을 떠난 뒤 행성은 실제로 발견된다. 류드밀라의 그림과 꼭 같은 아름다운 모습으로. 하지만 오래전에 사라진 행성의 모습으로. 류드밀라처럼 지금은 사라진 세계로.

그 시간 '뇌의 해석 연구소'에서는 생후 2개월 된 영아의 뇌를 판독하여 아기들의 언어 데이터를 수집하고 있었다. 류드밀라의 행성이 발견된 시점에 단조로웠던 데이터에 혼란이 오기 시작한다. 아기의 뇌 속에서 무언가가 서로 대화를 나누고 있었고, 그들의 대화 주제가 '류드밀라'였던 것. "마치 독립적인 여러 존재가 하나의 뇌 속에 공존하며 의견을 주고받는 것처럼 보였다." 연구원들은 여러 논의 끝에 이런 가설을 세운다.

지구에서 유래하지 않은, 어느 행성에서 온 생명체가 신생아 뇌 속에 자리 잡았고, 유년기를 지배했다는 가설. 그들은 아이들이 일곱 살이 되기 전에 떠나는데, 그때 이전의 기억을 함께 가지고 떠난다는 가설. 그러나 어찌 된 일인지 그들은 류드밀라를 떠나지 않았고, 류드밀라 역시 그들의 존재를 정확히 인식하고 있었다는 가설을 말이다. 연구원의 가설을 들으며 팀장은 이렇게 말한다.

　　"우리가 인간성이라고 믿어왔던 것이 실은 외계성이군요."

'외계성'이 주는
묘한 위로

나는 위에 인용한 문장을 읽으며 '아, 「공생 가설」을 탄생하게 한 첫 문장이구나. 작가는 이 문장을 쓰고 싶어서 이렇게 멋진 이야기를 만들어냈구나' 하고 생각했다. 인간은 자라면서 실제로 일곱 살 이전의 일들을 대부분 기억하지 못하는데, 인간의 몸에 공생하던 외계인이 떠나면서 그 기억을 가져갔다니! 와, 세상에 이토록 멋진 이유를 다시 만날 수 있을까? 나 역시도 가끔 뭐라 설명할 수 없는 이상하고도 낯선 기분에 휩싸일 때가 있는데, 그것이 미처 사라지지 못한 외계성의 흔적이라니, 나는 이 가설이 진짜였으면 좋겠다고 생각했다.

너의 아픔이
외계성이라면?

공생 가설을 믿고 싶은 또 다른 이유는 특별하게 태어난 내 조카 이은우 때문이다. 은우의 몸엔 행성을 잃어버린 외계인이 아직도 머물고 있는 게 아닐까, 은우는 류드밀라처럼 그 외계인을 너무 사랑한 나머지 계속 같이 놀고 싶은 마음에 제 몸속에 묶어둔 것이 아닐까. 이렇게 생각하면 왠지 모를 위로가 찾아왔다.

　나의 조카 이은우는 스스로 목조차 가누지 못하고 11년째 신생아 행동을 하는 길쭉하고 예쁜, 뇌병변 1급 장애

아동이다. 정확하게는 '레녹스가스토증후군'이라는 희귀 난치 뇌전증을 앓고 있다. 그 병명을 진단받기까지는 2년이 걸렸다. 세상엔 원인과 이유와 심지어 이름조차 알지 못하는 병이 엄청나게 많다는 것을 조카를 통해 알게 되었다.

은우의 엄마이자 나의 동생인 박진영은 말할 것도 없고, 우리 가족은 은우를 있는 그대로 인정하기까지 꽤 오랜 시간이 걸렸다. 갓 태어났을 땐 너무 크게 우는 아이, 영아산통(신생아나 생후 2~3개월 된 아기가 신체에 어떤 병이 없는데도 발작적으로 심하게 계속 우는 증상)이 심한 아이라고 생각했고, 1년쯤 지났을 땐 발달 지연이라고 생각했다. 그러고도 몇 년간은 반드시 나았으면 하는 절박함과 그 절박함이 낳은 깊은 우울감이 함께 찾아왔다.

당시 서울에서 혼자 생활하며 가끔 고향에 와 조카를 보던 나조차도 불쑥불쑥 우울감이 찾아왔는데, 매일 은우를 봐야 했던 가족의 마음은, 특히 제 배로 낳은 동생의 심정은 어땠을지, 지금도 가늠해볼 용기가 나질 않는다.

어느 병원에서도 정확한 원인을 알 수 없었고, 그래서 치료와 검사를 반복했다. 뇌전증 치료제들은 여러 부작용을 가지고 있기 때문에 약을 수시로 바꿔가며 복용하거나 여러 약을 한꺼번에 사용하기도 했다. 하지만 발작성 고통을 완전히 멈출 순 없었다. 아이러니하게도 '병을 고치겠다'는 일념을 내려놓고 은우의 모습을 있는 그대로 받아주면서부터 우리 가족에게 천천히 평화가 찾아왔다.

은우의 주된 증상은 '경련'이라고 불리는 것이다. 큰 발작성 경련이 짧게 찾아오기도 하고, 어떤 날은 하루 종일 자거나, 며칠 동안 뜬눈으로 지새울 때도 있다. 종일 웃기도 하고, 반대로 종일 울기도 하는데, 그런 것들도 작은 경련에 속한다. 종종 은우가 하루 종일 웃거나 웃을 때면, '은우가 류드밀라의 행성인에게 재미있고도 슬픈 이야기를 듣고 있구나' 하고 생각한다. 그러면 이기적이게도 마음이 안정되었다.

「공생 가설」에 등장하는 '외계성'에 대해서는 여러 가지 해석을 할 수 있을 것이다. 나는 세상에 너무나 많지만 숨어 지내야 하는 장애인을 떠올렸다. 특히 자폐나 신체적 결함에 갇힌 아이들을 생각했다. 그들도 어쩌면 류드밀라처럼 세상과는 단절되어 영원히 고독할지언정,

공생하는 외계인과는 이별할 수 없어 스스로 선택한 길이 아닐까? 그렇다면 그의 인생도 행복한 것이 아닐까?

완치가 아닌,
완성을 위해

완치에 대한 기대를 내려놓고, 있는 그대로 은우를 바라보기 시작하자, 우리 가족에게 많은 변화가 찾아왔다. 가장 큰 변화는 여행이었다. 은우가 태어나고 몇 년 동안 우리에게 가족여행은 없었다. 할 수 없는, 아니, 하기 힘든 일이라고 생각했다. 은우의 엄마는 병원 진료가 있는 날을 제외하고는 약한 바람에도 쉽게 아픈 아이를 데리고 나가는 것을 힘들어했다. 그 외에도 은우를 차에 태우는 것, 밥을 먹이는 것, 휠체어에 태워 이동시키는 것 등 일반 사람들이 너무 쉽게 하는 것들에 큰 용기를 내야 했고, 계획을 짜고 그에 대한 시뮬레이션을 실행해야 했다. 우리를 쳐다보는 시선에도 자유롭지 못했다.

그러던 차 내가 제주에서 결혼식을 했다. 조카가 참석

하지 않을 수 없는 행사였기에 은우 인생에 처음으로 비행기를 타고 제주에 도착했다. 비록 그땐 아주 짧은 시간이었고, 숙소에만 머물다 갔지만, 은우가 여행하는 데 '물꼬'를 터준 기회였다. 이후로 동생 가족은 은우를 데리고 1년에 한 번은 제주를 찾아왔다. 하면 할수록 기술이 늘고 일정도 길어졌다. 물론 쉬운 일은 아니었다. 모두의 의지가 필요했고, 무엇보다 은우의 컨디션이 중요했다.

제부와 친정아빠는 일 때문에 시간을 맞출 수 없고, 제주로 오는 일행은 친정엄마, 이모, 동생, 아이들…… 여성과 약자로만 구성되었다. 거기서 주로 힘을 쓰는 이는 동생 진영이다. 하루에도 수십 번 은우를 휠체어 유모차에 올렸다 내리고, 차에 실었다가 다시 유모차에 태웠다. 무거운 유모차를 끌고 오름을 올랐고 경사진 비탈길을 겨우겨우 내려왔다. 돌아오면 몸을 가누지 못하는 은우를 씻겨야 했다. 의지가 없다면 하지 않아도 될 일들이다. 세상 귀찮고 피곤하고 힘든 일이지만 친정엄마나 나에게 맡길 수도 없었다. 그래서 여행 중에 동생의 표정이 늘 좋지만은 않았다. 어떨 땐 동생이 너무 지쳐 보여서 과연 이 여행이 행복한 건가 의심이 들 때도 있었다.

아이들을 재우고, 하루를 정리하면서 열심히 찍은 사진을 볼 때에서야 비로소 진영의 얼굴에 미소가 피어올랐다. 그리고 이어 나오는 동생의 말에 나는 안도했다.

"앞으로 몇 년간 보고 또 봐도 지겹지 않을 사진이야."

자신의 영감은 랩실에서 나온다고 했던 김초엽 소설가는 화학을 전공한 공학도이자 청각장애인이다. 그래서인지 그녀의 글 속엔 비평범한 인간들이 자주 등장한다. 그녀는 『우리가 빛의 속도로 갈 수 없다면』의 에필로그에서 이런 말을 했다.

> "탐구하고 천착하는 사람들이 도저히 이해할 수 없는 무엇을 이해해보려는 이야기를 좋아한다. 언젠가 우리는 지금과 다른 모습으로 다른 세계에서 살아가게 되겠지만, 그렇게 먼 미래에도 누군가는 외롭고 고독하며 닿기를 갈망할 것이다. 어디서 어느 시대를 살아가든 서로를 이해하려는 일을 포기하지 않고 싶다."

그녀의 책을 읽고 내게도 작은 바람이 생겼다. 언젠가 진영이 은우와 여행을 하며, 이 까다로운 첫째 아들을 키웠던 우여곡절을 글로 쓰는 날을 보는 것이다. 포스텍 랩실에서 연구하다 글을 쓰게 된 김초엽처럼, 그녀도 장애아이와 비장애아이를 함께 키운 이야기를 문득 글로 써 내려가길 바란다.

실제로 동생은 아들과의 여행을 주제로 짧은 에세이를 쓴 적이 있다. 에세이는 제주의 로컬매거진에 실렸다. 은우로 인해 엄마 진영이 글을 쓰게 된다면? 그것만큼 완벽한 외계인과의 공생이 또 있을까? 이러한 공생의 결과는 또 다른 누군가의 마음을 움직일 것이다. 지구인의 뇌에 공생하는 류드밀라 행성인의 존재를 이해하게 만들 것이다. 어떤 불안한 이의 마음을 위로해줄 것이다.

나는
이렇게
나이
들고
싶다

~~~~~~ㆍ~~~~ㆍ

『모든 것의 가장자리에서』,
파커 J. 파머

─────────ㆍ

가장자리에서
중심을 응원하는 사람들

한겨레신문 토요판에 실리는 인터뷰 기사를 즐겨 읽었
다. 나뿐만 아니라 기획회의를 코앞에 둔 출판사의 많은
편집자들이 그 코너를 기다렸을 것이다. 나도 같은 이유
로 읽기 시작했지만, 내가 좋아하는 인터뷰의 주인공들
은 대부분 책을 이미 출간했거나, 절대로 출간하지 않겠
단 의지가 다분했다. 그걸 깨달은 뒤부터는 기획회의의

부담을 내려놓고 더 재미있게 기사를 읽을 수 있었다. 토요일마다 '오늘의 주인공'이 누군지 설레는 마음으로 기다렸다.

얼마 전 세상을 떠나신 채현국 선생님도 한겨레신문 토요판에 실린 「이진순의 열림」 인터뷰 기사를 통해 알게 되었다. 그때 읽은 기사가 얼마나 좋았던지, 스크랩해 놓은 기사를 지금도 가지고 있다가 생각날 때마다 읽어 보곤 한다. 채현국 선생님에 대해 알려진 바가 없고, 이 인터뷰가 거의 유일한 것이기 때문이다. 인터뷰가 나올 당시는 정권에 대한 젊은이들의 실망이 이만저만이 아닌 데다 정권을 옹호하는 기성세대에 신물이 나 있을 때였는데, 너무나 잘 뽑은 기사의 제목 덕에 이 인터뷰는 두고 두고 회자되었다. 기사의 제목은 당시 팔순을 앞두고 있던 채현국 선생님의 말을 그대로 쓴 것이었다.

"노인들이 저 모양인 것을 잘 봐두어라."

'태극기 부대'라는 말이 생겨나던 즈음, 출퇴근길 지하철 안이나 택시 안에서 '젊다'는 이유로 정치적 훈계를 자주 들어야 했다. "늬들이 뭘 알아? 오래 살아본 내가 더 알지. 늬들 때문에 나라가 망하고 있어!" 류의 훈계를 낯선 노인에게 들을 때마다 마음에서 분노가 일었다. 그러던 때에, 픽사 애니메이션 「업」에나 나올 법하게 생긴 귀여운 80대 할아버지가 자신의 편에 서서 말하지 않고, "노인들 닮지 마라, 너희 젊은이들 너무 잘하고 있다"라며 박수를 쳐주신 것이다.

게다가 그런 분이 알고 보니 학원재단 이사장이지만 학교의 허드렛일을 도맡아 하고, 해직기자들에게 집도 얻어주며, 「창작과 비평」의 운영난을 막아주고, 그럼에도 한사코 자신은 도와준 적이 없다며 인터뷰를 거절했다니, 기사를 읽은 젊은이들이 얼마나 감동했을지 상상이 되지 않는다.

실제로도 이 기사는 페이스북에 무척 많이 공유되었고, 특히나 젊은이들의 반응이 대단했던 것으로 기억한다. 수년이 지난 지금도 나처럼 이 인터뷰 기사를 떠올리는 사람이 많지 않을까?

"나이가 들었다는 것은 단지 잃을 게 남아 있지 않음을 의미할 뿐이다. (……) 나는 노화라는 중력에 맞서 싸우고 싶진 않아. 그건 자연스러운 거니까. 난 최대한 협력하고 싶어. 저 일몰의 은총과 같은 무엇으로 생을 마감하기를 바라면서 말이야."

파커 J. 파머의 책 『모든 것의 가장자리에서』에 나오는 글이다. 나이가 든다는 것은 중심에서 점차 멀어지는 것이구나 절실히 느끼던 때에 이 책을 만났다. 이 책을 읽으며 채현국 선생님을 자주 떠올렸다.

파머는 이 책의 프롤로그에서 "가장자리에서는 한가운데서 보지 못한 온갖 것을 볼 수 있다"라고 말했다. 중심에서 밀려 나오면 많은 것들을 새로이 볼 수 있고, 가장자리에 어울리는 일을 찾을 수 있으며, 그 일에 최선을 다하면 말로는 표현하지 못할 기쁨을 품을 수 있다는 내용이었다. 그건 어른으로 향하는 가장 바른 길이었다. 가장자리에서 중심을 잘 지켜보는 것만으로도 좋은 어른이 되기에 충분할 것 같았다. 중심에서 일어난 일에 간섭하고 시기하고 집착한다면 그건 아직 어른이 되지 못한 거나 마찬가지다.

하지만 가장자리로 가는 일은 매우 어렵다. 발걸음을 떼는 것조차 서글픈 감정이 든다. 나는 요즘 나이듦에 대한 생각을 많이 한다. 갓 깨어난 세포가 넘치게 활동하는, 하루가 다르게 싱싱하게 자라는 아이와 다르게 점차 세포활동이 줄어드는 나 자신과 매일 마주하기 때문이다. 거울 앞에 서면 내가 늙어가는 게 눈에 보인다. 턱은 늘어지고 주름과 기미도 너무 많아졌다. 보드라운 아이의 발을 만지다가, 바셀린을 덕지덕지 발라도 도무지 나아지지 않는 내 발가락의 굳은살을 보면 내가 몸뚱이를 사용한 세월을 어쩔 수 없이 가늠해보게 된다.

어떤 이에겐 '이제 고작 마흔이면서 무슨 소리야!' 타박을 들을지도 모르겠지만, 이젠 정말 늙어가는 일밖에 남지 않아서인지 마음 한구석엔 젊음에 대한 아쉬움이 항상 있다.

어떻게 하면
잘 내려올 수 있을까?

언젠가 TV 프로그램에서 이효리와 아이유가 인적 드문 오름을 올라가는 모습을 본 적이 있다. 길을 잃었는지, 아니면 길 잃은 강아지를 주웠는지 기억이 확실치 않은데 아무튼 걷다가 어느 집엘 무작정 들어가게 된다. 마침 그 집에 사는 아이가 아이유의 '찐팬'이었다. 갑자기 눈앞에 나타난 자신의 우상에 그만 아이는 눈물을 펑펑 쏟고, 그 모습을 이효리가 차 안에서 물끄러미 지켜본다.

집으로 돌아가면서 이효리는 자신의 시선을 온전히 아이유에게만 쏟던 아이를 보며 느꼈던 감정을 솔직하게 말한다. 언제나 중심이었던 이효리가 그때 가장자리로 밀려난 자신과 마주한 것이다. 자신은 이제 내려가는 길만 남았는데, 어떻게 하면 잘 내려갈 수 있을지 고민했다. 무척 인상 깊은 장면이었다.

"어떻게 하면 잘 내려갈 수 있을까"에 대한 대답은 채현국 선생님이 인터뷰 기사를 통해 내게 해주고 가셨다고 생각한다. 선생님은 한 가지 문제에는 무수한 해답이 있다며, 모든 '옳다'는 소리엔 반드시 잘못이 있다고 하셨다. 그래서 '옳은 소리'를 주장하는 사람들을 멀리하라며, 각자의 길을 걷는 젊은이들의 어깨를 늘 토닥여주셨다. 나도 그것이 가장 잘 내려가는 방법이라고 생각한다. 가장자리에 서서 중심에 선 사람들을 응원하며 사는 것이다. 가장자리에 맞는 일에 최선을 다하는 것이다.

시어머니가 부산에 사실 적에 다니던 단골 치과가 있다. 어느 날은 점심시간 즈음에 치료를 받고 가려는데, 한 할머니가 커다란 쟁반을 이고 들어왔다. 그녀는 치과 원장의 어머니였다. 매일 점심시간에 맞춰 직원들의 점심을 챙겨준다고 했다. 어느 날은 다저녁에 치료를 받았는데, 그날은 한 할아버지가 들어와 구석구석 열심히 청소를 시작했다. 그는 치과 원장의 아버지였다. 두 사람은 가장자리에서 할 수 있는 최선이자 최고의 보직을 가진 것이다.

내 삶의 걸음도 조금씩 가장자리로 이동 중이다.

아주 조금씩 물러나는 중인데도 앞날이 창창하고 꽃 같은 이들에게 얼른 부러움과 질투가 생긴다. 알지도 못하는 청춘을 이토록 질투하며 살 줄은 꿈에도 몰랐다. 그럴 때마다 내 안에 '노화'라는 중력을 다독인다.

'질투하고 시기하는 마음으로, 혹은 잰체하는 마음으로 젊은 사람에게 꼰대가 되고 싶지 않아. 그런 식으로 노화와 싸우고 싶지 않아. 나도 나이듦과 최대한 협력하고 싶어. 내 자리에 맞는 곳으로 즐겁게 가고 싶어. 그렇게 가다 보면 정말 충분한 어른이 되어 있을 거야. 토닥토닥.'

그렇다고, 늘 슬프고 불쌍해야만 하나요?

『아빠 어디 가?』,
장 루이 푸르니에

행복할 권리를
인정받지 못한 사람들

"장애아의 아빠는 항상 우울한 표정이어야 한다. 십자가를 지고, 고통의 마스크를 써야 한다. 농담하거나, 장난을 쳐서도 안 된다. 장애아의 아빠는 웃을 자격도 없다. 웃는다는 것은 최고로 눈치 없는 행동이니까. 장애아를 둘이나 가진 아빠는 곱빼기로 슬픈 모습을 보여야 한다."

장애인 아들을 둘이나 키우는 아빠, 장 루이 푸르니에의 에세이 『아빠 어디 가?』에 나오는 대목이다. 이 책의 저자는 프랑스에서 유명한 블랙코미디 작가이다. 그래서인지 이 책은 도발적으로 웃기는, 요즘 말로는 '웃픈' 내용이 가득하다. 예를 들면 장애 아들 두 녀석을 몰래 다른 방에 옮겨놓고, 자원봉사자가 오면 "애들 보살피는 게 힘들어도 그렇지, 창문으로 던져버리면 어떡해요?" 한다거나, 두 아이를 데리고 강을 건널 땐 뚫어뻥을 머리에 끼워 데리고 가면 수월하다는 식의 농담을 한다. 하지만 듣고 있는 상대방은 전혀 웃질 못한다.

그는 이런 농담을 멈추지 않는다. 그건 그가 책을 낸 이유이기도 했다. 제작자이자 방송작가인 그는 종종 자신이 만든 TV 프로그램에 출연했다. 어느 날은 장애아를 키우는 아빠로 출연해 자신의 성정대로 많은 사람을 웃기다 돌아왔지만, 정작 웃겼던 부분은 모두 편집되고 만다. 그는 자신이 녹화한 모습과 전혀 다른 모습으로 방송된 프로그램을 보면서 씁쓸했다고 고백했다. 장애인 아들을 키우면서 죽고 싶다는 생각을 할 때도 있지만 웃을 때도 많기 때문이다.

그는 있는 그대로의 모습을 보여주고 싶지만 콘셉트가 정해진 TV 프로그램에서는 한계가 있음을 깨달아 책을 내게 되었다고 말했다. 아내가 두 아들을 두고 떠난 것도, 아들의 모습이 마냥 귀엽지 않은 것도 솔직하게 툭 내뱉는다. 하지만 그 가벼운 문장 속에 숨어 있는 행간을 읽다 보면 그가 살아냈을 아빠로서의 삶을 감히 가늠해보게 된다. 수위를 넘는 농담 사이엔 한 칸의 띄어쓰기만 존재할 뿐이지만, 그 비어 있는 작은 칸에서 장애아를 키우는 아빠가 이렇게 농담하기까지 흘린 눈물 자국이 보였다.

위로가 아니라
'일상'이 필요해

사회적 약자를 마주할 때, 대부분의 사람들은 안쓰러운 표정을 먼저 짓는다. 괜한 감정이입에 당사자가 대답하기 어려운 질문을 할 때도 있고, 아니면 어색하게 상황을 외면해버리기도 한다. 나 역시도 힘든 상황에 놓인 사람들을 만나면 어떤 말로 대화를 시작해야 하는지 몰라 당황할 때가 있었다. 하지만 그건 사람들이 나빠서가 아니라, 사회적 약자를 배려하는 행동이 무엇인지 (안 겪어봐서) 모르기 때문이라고 생각한다.

유럽을 여행할 때, 미술관이나 박물관, 아니면 그냥 마을 공원에서도 장애인들을 자주 접했다. 세상에 이렇게 많은 장애인이 있구나, 그때 알았다. 그들은 비장애인과 다름없이 전시를 관람하고 산책했다. 손가락 하나 움직일 수 없는 중증의 장애인도 침대 휠체어에 누워 자원봉사자의 도움을 받으며 전시를 보고 있었다. 그 모습이 굉장히 신선하면서도 한편으론 씁쓸했다. 우리나라에선 사회적 약자들이 아예 없는 것처럼 느껴지기 때문이다. 피차 불편하니 그들을 어딘가에 숨겨버린 것만 같았다. 그래서 우리는 일상을 살아갈 때, 사각지대에 놓인 사람들을 자주 접할 수 없었고, 어쩌다 그들을 마주할 땐 '필요' '슬픔' '도움'과 같은 키워드만 생각해낼 뿐이다.

저자는 "하늘나라에도 장애라는 것이 있니? 아마 다른 사람들과 똑같이 정상인이 되어 있지 않을까? 우리가 남자 대 남자로 대화를 나눌 수 있을까?" 하며 글 속에서

자신의 마음을 내비쳤다. "아빠, 어디 가?"라는 말밖에 할
줄 모르는 아들과 어떻게라도 대화를 나누고 싶은 마음을
담은 표현일 것이다. 그 대목을 읽으며, 사회적 약자가 바
라는 것은 몸이 낫는 것, 혹은 경제적 지원이 아니라 '일
상'일지도 모르겠단 생각이 들었다. 보통 사람들이 일상
의 언어로 의미 없는 농담을 주고받고, 안부를 전하고, 어
제 봤던 영화에 대해 말하는 것처럼 말이다.

행복할 권리를
함부로 재단했던 날

서울에서의 첫 직장은 어느 복지재단에서 발행하는 잡지
를 만드는 곳이었다. 재단에서는 달마다 후원자들을 위
한 손바닥만 한 잡지를 발행했다. 잡지 내용 중에는 복지
재단에서 직접 돕고 있는 연계 이웃을 소개하는 코너가
있었는데, 소개되는 이는 주로 생활보호대상, 장애 아동,
소년소녀 가장이었다.

가뜩이나 감정이 넘치는 기질의 소유자인 내가 이 코

너의 원고를 쓸 때는 연민의 감정이 용솟음치듯 올라왔다. 나의 글로 후원을 이끌어내야 하니 감정이 과잉된 단어가 글 속에 남발했다. 물론 그렇게 해서 정말로 후원금액이 늘기도 했지만, 글 속 주인공의 마음엔 상처가 될 수 있다는 것을 나중에야 알았다.

재단 편집실에서 일한 시간은 내게 무척 소중하다. 단두 명의 기자가 참 다양한 코너를 취재하고 글을 썼다. 사진도 직접 찍고, 지방으로 출장도 많이 다녔다. 죽이 되건 밥이 되건 마감을 지키며 달마다 책을 만들었던 경험은 현재 내가 하는 일의 영양분이자 밑거름이 되었다. 지금까지도 내가 인터뷰를 하며 타인의 이야기를 기록하는 걸 좋아하는 이유도 다 그 때문이다.

하지만 100페이지가 넘는 잡지의 단 2~3페이지에 할애된 '어려운 이웃' 코너 속 몇몇 인터뷰이를 생각하면, 여전히 마음 한구석에 미안함이 가득하다. 그들 삶의 극히 일부분만을 듣고 기록했으며, 인터뷰이보다는 독자(후원자)를 먼저 염두에 두고 글을 썼기 때문이다. 잡지는 올컬러였고, 어려운 이웃 코너엔 주인공 사진도 제법 들어갔다. 어린아이거나 외상을 갖고 있으면 사진이 더 많이 들어갔다. 그런 사진과 함께 연민에 기대 쓴 글이 실리는 것이다. 결과만 보면, 당사자에게 실질적인 도움을 주었으니 원고로 인해 컴플레인이 들어오는 일은 없었지만, 훗날 인터뷰이들이 그 글을 다시 펼쳐 읽을까를 생각하면…… 열에 열은 그렇지 않을 것이다.

그중에서도 한 아이가 잊히지 않는다. 충청도 어느 마을 교회에서 인터뷰한 고등학생 남자아이 K였다. 피아노도 잘 치고 여자 친구도 있는, 상냥하고 맑은 아이였다. 대화를 나눌수록 마음은 즐거운데, 머릿속은 조금 복잡해졌다. 조모 가정에서 자란 것 외에는 그저 평범하고 씩씩한 고등학생이었기 때문이다. 오랜만에 만나본 고등학생과 이런저런 일상을 신나게 주고받으면서도, 속으론 이 코너의 3페이지를 어떻게 채울지 고민하고 있었다. 은연중에 그의 '일상'이 내가 쓰게 될 원고와 어울리지 않는다고 생각한 것이다.

2007년에 아이를 만났고, K의 인터뷰가 실린 잡지도 나왔고, 이후로도 몇 번은 서로 문자메시지를 주고받았던 것 같다. 예의 바른 아이는 글에 대한 고마움도 전했다. 14년이나 지났지만, 문득 내가 그때 어떻게 글을 썼는지 궁금해서 과월호를 찾아보았다. 한데 꼭 그 책만 없었다. 하지만 안 봐도 알겠다. 글이 기억나지 않는 걸 보면, 난 그 코너의 방향성에서 크게 벗어나지 않게 글을 썼을 것이다. 아이가 크게 상처받지 않는 선에서 썼다 하더라도 연민에 기대어 쓴 몇몇 단어가 아이의 얼굴을 붉게 만들었을지도 모르겠다.

TV 프로그램에서 삭제된 푸르니에의 일상과 잡지 지면에서 잘려나간 K의 일상, 그리고 타인의 의도로 편집되는 수많은 이들의 일상을 생각해본다. 수면 위로 드러난 삶은 극히 일부분이다. 드러난 일상 이면엔 바닷속처럼 무궁무진한 그들의 진짜 삶이 있음을 이제는 안다. 그렇기에 보이지 않는 곳에서 반짝이는 일상의 조각들을 더 소중히 여겨야 한다.

14년이 흘렀으니 고등학생이었던 K는 벌써 대학도 졸업하고, 군대도 제대했으며, 30대 초반의 나이로 사회생활을 하고 있을 것이다. 그때 봤던 인성을 간직하고 있다면 아주 잘 자란 성인이 되었

을 것이다. 다시 만날 일도, 아이가 이 글을 보게
될 가능성도 희박하지만, 이 자리를 빌려 그에게
미안함을 담은 안부를 전하고 싶다.

"너의 삶을 고작 3페이지에 담느라 이리저리 재
단한 것 정말 미안해. 어쩌면 네 기억에도 완전
히 사라진 글일지도 모르겠지만, 14년 전의 인터
뷰가 후회하지 않는 일이었기를 빌어. 그때 내게
이야기해주었던 너의 일상이, 14년 전의 원고 속
내용보다 훨씬 더 소중하고 값진 것임을 꼭 기억
하길 바라."

『거짓의 사람들』,

스캇 펙

서서히 나아지기 위해

배우고 나누는 사람들

30년 전쯤, 큰 이모는 대구의 한 입양 관련 단체에서 위탁모로 일했다. 이모의 두 아들이 장성하고 시작한 일인데, 어릴 적 동생과 이모 집에 놀러 가면 신생아 두세 명이 이불 속에서 곤히 자는 모습을 볼 수 있었다. 막 태어난 아기천사들이 새근새근 잠든 얼굴을 들여다보는 걸 싫어할 사람이 세상에 있을까. 오래전 기억이라 정확하진 않지만, 아기 옆에 앉아 손가락도 가만가만 만져보고, 아기에게서 나는 냄새도 맡고, 노래도 불러주고, 깨서 울면 젖병도 물려줬던 잔상이 머릿속에 남아 있다. 그때 그 아기들은 얼마나 크고 어떻게 자랐을까, 문득 궁금해지곤 했다.

태어나자마자 친부모에게 버려진 아기들은 3~4개월 이모에게 맡겨졌다가 신생아 시기가 끝나면 서울로 이동했고, 또 몇 달을 대기하다 대부분 해외로 입양되었다. 이모는 그 일을 5년 정도 하다가 그만뒀다. 훗날 이모에게 그만둔 이유를 물었을 때 "이별하는 것이 너무 힘들어서"라고 대답하셨다.

가뜩이나 코로나바이러스로 힘들었던 그해 말, 기사조차 끝까지 읽지 못할 정도로 충격적인 사건이 벌어져 많은 사람들의 마음에 상처를 남겼다. 한동안은 슬픔과 우울감이 커서 '정인'이라는 이름만 들어도 눈물이 터졌다. 그럴 때마다 종종 정인이의 위탁모가 떠올랐다. 울거나 자기만 했던 갓난쟁이를 석 달쯤 돌보았던 이모도 떠나보내는 것을 힘들어했는데, 눈을 마주치고 생글거리며 웃고, 말귀도 제법 알아듣던 아가가 상상치 못할 고통을 받고 세상을 떠났을 때, 위탁모의 심정은 어땠을지 가늠할 수 없다.

재판은 몇 차례 계속되었고, 그때마다 가해자 양모는 학대한 것을 부인했다. 나는 그 모습을 볼 때마다 매번 같은 의문이 들었다. 아이를 던져 발로 밟은 것을 부인할 때 가해자는 정말 그렇게 믿고 있는 것인지, 아니면 자신이 위증하는 것을 스스로 느끼고 있는지, 그 사람의 머릿속에 들어가보고 싶었다. 추궁하는 분위기에 떠밀려 거짓말할 때, 심장이 터질 것 같은 두려움을 나는 느껴본 적이 있기 때문이다.

비겁했던
그날의 기억

고등학교 2학년 때 담임선생님은 '쉬운 남자'였다. 조퇴 허락을 받기도 쉬웠고, 틈틈이 무단으로 이탈해도 눈감아주곤 하셨다. 반 아이들은 그것을 이용했다. 허락받지 않고 무단으로 야간자율학습을 땡땡이치는 일은 점점 더

심해졌다. 그러던 어느 날, 스무 명이 넘는 아이들이 무단 조퇴를 했고, 선생님은 엄청나게 화가 나서 "허락받지 않고 조퇴한 애들은 다 일어서!" 하며 소리치셨다.

나도 그중 한 명이었다. 그런데 차마 일어서질 못했다. 화가 잔뜩 나 소리치는 선생님이 하필이면 바로 내 앞에 있었다. 저렇게까지 화를 내는 걸 본 적이 없어서 두려웠다. 바로 코앞에서 내가 일어서면 선생님에게 따귀라도 맞을 것 같았다. 무단 조퇴한 아이들 중 나만 일어서지 않았다. 딱 한 명이 빈다며 화를 내다가 결국엔 숫자를 제대로 적지 않았다며 반 실장을 혼내셨다. 그때 쿵쾅거리던 내 심장 소리를 또렷이 기억한다. 내가 얼마나 비겁한 인간인지 심장이 대신 요동치며 말해주는 것 같았다.

공포의 시간이 지난 후에야 나는 실장에게 가서 사과했고, 선생님에게도 이실직고했다. 20년도 더 된 일이지만 비겁함과 부끄러움에 대해 생각할 때면 그 기억이 가장 먼저 떠오른다. 이후로도 나는 수많은 거짓말과 비겁한 행동을 했을 테지만, 그때만큼 식은땀을 흘린 적은 없다. 그래서 늘 궁금했다. 정치인이나 범죄자들이 보란 듯이 거짓말할 때, 그들은 무슨 생각을 할까? 정말 아니라고 믿는 걸까? 아니면 순간을 피하고 싶은 절박함 때문에 거짓말을 하긴 했지만, 일말의 가책은 느끼는 걸까?

나는 절대 그럴 리가
없을까?

스캇 펙은 『거짓의 사람들』에서 악을 저지르는 사람들을 '거짓의 사람들'이라 명명하고, 또 그런 자의 악행을 일종의 정신적 질병으로 본다. 악한 사람들은 자신의 잘못을 인정하는 것을 죽음보다 무서워해서 자신의 행동에 정당함을 찾기 위해서라면 지구 끝까지 달릴 수 있는 에너지를 쏟아붓는다. 결국, 죽는 것보다 자신의 잘못을 인정하는 것이 더 어렵단 뜻이다. 그러니 앞으로도 정인이의 양모는 '나는 그러지 않았다'를 증명하는 데 필사적일 확률이 높다.

　스캇 펙이 악을 질병으로 보는 관점은 새로웠다. 그의 말대로라면 악은 병처럼 서서히 깊어갈 수도 있겠지만, 반대로 서서히 나을 수도 있었다. 고등학교 시절 선생

님께 맞을까 봐 비겁한 선택을 했던 내가 '어? 잠깐의 긴
장감을 참았더니 무사히 넘어가네?' 하며 안도했더라면,
오히려 남이 나의 악행을 뒤집어쓰는 걸 보며 묘한 카타
르시스를 느꼈더라면, 나는 계속해서 미묘한 악을 저지
르며 내 행동에 대한 정당함을 찾았을지도 모른다.(지금
도 아니라고 할 수 있을까?) 내가 정인이 양모처럼 되지 않으
리란 보장은 없다.

아이를 낳고
새롭게 보인 책

오래전에 읽었던 『거짓의 사람들』을 정인이로 인해 다시
펼쳤다. 전형적인 거짓의 사람들 꼴을 한 정인이의 양모
를 보면서 이 책의 에피소드가 떠올랐기 때문이다. 정신
과 의사인 저자는 자신이 내담을 하며 만났던 한 소년의
부모를 예로 들었다.

　　스캇 펙은 형이 권총 자살을 한 뒤 극심한 우울증을
앓게 된 어린 소년을 상담하게 된다. 몇 번의 상담을 하다

충격적인 사실을 발견한다. 소년이 최근 부모에게서 받은 크리스마스 선물이 다름 아닌 형이 자살 도구로 썼던 권총이었던 것. 그 권총은 부모가 형에게 준 선물이었다. 말로 "죽어라" 하지 않아도, 췌장이 끊어질 만큼 폭력을 가하지 않아도, 부모는 아주 미묘한 무의식의 뉘앙스로 아이의 영혼을 짓밟고 죽일 수 있다.

스캇 펙이 말하는 거짓의 사람들은 여러 가지 유형으로 나타난다. 부부나 직장에서의 상하관계에서도 나타나고, 사이비 종교와 같은 집단의 이름으로 악을 자행하는 사람들도 있다. 하지만 대부분 쉽게 희생양이 되는 이는 어린아이들이다.

> "아이들은 우리 사회에서 가장 연약하고 상처받기 쉬운 구성원들이다. 부모에게는 자녀의 생활 전반에 걸쳐 마음대로 휘두를 수 있는 절대적인 권력이 주어진다. 부모의 지배는 노예들에게 하는 주인의 지배와 크게 다르지 않다. (……) 그러나 모든 권력과 마찬가지로 부모의 권력 역시 다양한 모습으로 악하게 잘못 허용될 수 있다는 사실

도 결코 부인할 수 없다."

그의 말에는 나 역시도 자유로울 수 없었다. 나라고 '부모'라는 절대권력을 휘두르지 않았을까. 악한 사람을 보면 자연스럽게 흘러나오는 분노와 혐오감이 한차례 지나가고 나면 '나는 절대 그럴 리 없다'며 자신할 수 있는지 반성하게 된다.

아이들이 흘린 피가 헛되지 않도록

세상에 존재하는 방지법은 대부분 억울하고 부당하게 흘린 피로 만들어진다. 그중에서도 아동학대방지법은 해마다 3~40명의 아이들이 가장 친밀한 관계여야 하는 부모에게 "소풍 가고 싶어" "젤리 먹고 싶어" 등의 말을 했다는, 너무나 사소한 이유로 잔인하게 맞아 죽은 뒤에야 조금씩 나아지는 방향으로 개정되었다.

아이들은 상처를 쉽게 잊는다. 놀이터에서 노는 아이

들을 관찰해보면 알 수 있다. 엄마에게 호되게 야단맞아도, 엄마가 자기를 보고 웃어만 주면 모든 걸 용서하고 잊어버린다. 내 아이만 해도 혼날 때보다 내가 웃지 않을 때를 더 무서워한다. 쉽게 용서하기 때문에 어른들은 자주 잊는다. 그래서 아무것도 아닌 일에도 아이의 마음에 상처 주는 말과 행동을 기어코 해버리고 만다. 나중에 잘 달래주면 되니까. 그래서 아이는 부모의 감정을 버리는 쓰레기통이 될 때가 많다.

정인이는 그중에서도 악함의 병이 심히 깊은 엄마를 만났다. 작고 여린 아이의 희생이 헛되지 않게 더는 두 번째, 세 번째 정인이가 생기지 않아야 할 것이다. 그러기 위해선 정인이의 양모에게 분노를 느끼는 것에 그쳐서는 안 된다. 그다음 우리가 해야 할 건설적인 일에 더 치중해야 한다. 예를 들면 나와 내 이웃이 절대권력을 휘두르지 않는지 돌아보는 것, 약한 자들의 권리가 무엇인지 공부하는 것, 올바른 지식을 주위 사람들과 나누는 것과 같은 일이다.

나는 스캇 펙의 말을 믿고 싶다. 악함은 정신적 질병이다. 물론 모든 병을 치료할 수는 없지만, 서서히 나아지는 사례도 분명히 있다. 나는 그 말에 무게를 두며 살아가고 싶다. 아주 더디게 변하는 세상일지라도 '나아지고 있음'을 믿고 싶다. 이다음 세상을 살아갈 세대를 위해서라도 그렇게 믿고 싶다. 우리의 노력과 학습과 도움으로 인해 더 깊은 악함에 빠지기보다 나아질 영혼을 한 명이라도 건져낼 수 있다면, 그렇다면 나는 거기에 희망을 걸어보고 싶다.

『그냥, 사람』, 홍은전

세상 끝에서 지평을 넓히는
깅이로운 사람들

경향신문의 칼럼인 「고병권의 묵묵」에 홍은전과 그의 책
『그냥, 사람』이 소개된 적이 있다. 그는 그녀를 고통의 최
전선에 서 있는 첫 번째 사람에 대해 말하는 '두 번째 사
람'으로 표현했다. 첫 번째와 세 번째, 네 번째에 있는 사
람은 많지만, 두 번째 자리는 늘 비어 있다며, 홍은전은
그 빈자리에 서서 첫 번째 사람의 이야기를 듣고 기록하

는 사람이라 정의했다.

그의 글에 동의하면서도, 한편으론 '첫 번째 사람'이 주는 어감이 부자연스러웠다. 『그냥, 사람』에 등장하는 이들인 세월호 유가족, 꽃동네 사람, 뇌성마비 장애인, 화상 입은 사람, 그리고 도축당하는 동물까지도…… '첫 번째'라는 단어가 주는 느낌과는 거리가 멀기 때문이다. '고통의 최전선'이라는 의미의 첫 번째임을 알면서도, 첫 번째라고 하기엔 자꾸 잊혔다. 그래서 한편으론 이런 생각이 들었다. 이 책의 저자는 잊히는 존재를 '첫 번째' 자리에 자꾸 세워놓는 두 번째 사람이 아닐까 하는. "그곳은 세상의 끝이었으나 거기서 만난 사람들은 그 끝을 최전선으로 만들어 세상의 지평을 넓히는 경이로운 사람들이었다"라는 그녀의 말을 실현하는 사람이 아닐까 하는.

온기를 가진 이가 전해주는
따뜻한 힘에 대해

사실, 세상 끝에 존재하며 세상과 사투하는 사람들의 이야기를 읽을 때면 마음이 답답하고 무거워지게 마련이다. 그들의 사투가 '계란으로 바위 치기'처럼 읽힐 때가 많기 때문이다. 하지만 이 책은 좀 달랐다. 언론매체에 연재한 칼럼이기에 글은 일정한 (아마도 A4 한 장에서 두 장 사이) 분량으로 쓰였다. 그래서인지 제한된 분량에 당사자의 고통을 나열하기보다, 그가 어떻게 해서라도 사람들에게 기억될 수 있는 무언가를 표현하기 위해 다르게 보고 다시 보는 일에 최선을 다한 것 같았다. 무겁기만 하면 또다시 잊힐까 봐, "또 똑같은 이야기" "지긋지긋한 이야기" 하며 사람들이 외면해버릴까 봐, 단원고의 416교실이 없어질까 봐, 대구 지하철 참사의 고통이 되풀이될까 봐…….

아마도 그녀는 단 한 문장이라도 독자들이 기억해주기를 바라며 책 속에 새로운 이야기를 담아내려 한 것 같다. 그건 보통의 관심으로는 할 수 없는 일이다. 처절한 고통을 당하는 사람들을 진심으로 생각하고 사랑하는 저자의 온기가 느껴졌다. 그래서 이 책은 오래 기억에 남을 것 같다. 나도 그런 글을 쓰고 싶기 때문이다.

저자는 산티아고 순례길에서 용접공으로 일하는 20

대 청년을 만난다. 인연은 한국에 돌아온 이후에도 이어졌는데, 두 번째 순례길에서 돌아온 청년은 저자에게 이런 이야길 해주었다. 그라뇬에서 묵을 때 피아노가 있기에, 자신이 알고 있던 피아노곡을 연주했단다. 며칠 뒤에 어떤 이가 그에게 이런 이야길 전해주었다.

"어제 만난 순례자가 그라뇬에서 어떤 한국 남자가 피아노 치는 것을 들었는데 그날의 연주가 살면서 들은 제일 아름다운 음악이었대."

본인의 이야기를 전해 들은 청년은 몹시 감동했고, 이후에 용접공을 그만두고 피아노 고치는 일을 배우기로 마음먹었다고 했다. 늦은 나이에 피아니스트의 길을 걷겠다고 했으면 걱정할 뻔했는데 피아노를 고치는 사람이 되고 싶다고 한 것이다. 그라뇬의 피아노는 조율이 되지 않은 상태였는데, 조율된 피아노였으면 얼마나 많은 사람이 감동했을까를 상상하다 새로운 꿈을 갖게 된 것이었다. 온기가 차례로 전해지는 순간이다.

『그냥, 사람』은 사회적 약자에 대한 글이고, 그들이 제발 '그냥, 사람'으로 인정되길 바라는 마음으로 쓰인 글이기에 모든 글이 이렇게 마냥 아름답지만은 않다. 하지만 화상을 입은 사람의 이야기에도, 형제복지원에서 탈출한 이의 이야기에도 이 온기는 계속 흐르고 있었다. 내가 『그냥, 사람』에 등장하는 수많은 사람 중에도 굳이 이 내용을 인용한 것은 이 책에 담긴 온기를 표현하고 싶어서이다. 그래서 좀 더 많은 사람이 (약한 자의 이야기에 지레 겁먹지 말고) 이 책을 읽어주었으면 하는 마음에서다.

따스함은 스쳐 지나가기만 해도 전해진다

동생 진영이 은우와 오랫동안 동굴 속에 있다가 밖으로 나오게 된 것은 '인스타그램'이라는 소셜네트워크 서비스가 꽤 큰 비중을 차지한다. 동생이 SNS의 세계를 알지 못했을 땐 은우 같은 아이를 키우는 엄마는 자신뿐이라고 생각했다. 하지만 은우와 꼭 같은 모습을 한 아이와, 또 그 아이를 키우는 가족이 인스타그램 속에 있었고, 만나진 못해도 서로 용기를 주며 연대했다. 그래서 동생은 은우와 함께 조금씩 세상 밖으로 나왔다.

동생 가족이 은우와 함께 여행을 시작했을 즈음, 어느 연수원에 하루 묵게 되었다. 저녁을 먹으러 식당에 들어갔는데, 은우와 비슷한 여자아이가 휠체어에 앉아 있었다. 가족들은 처음 보는 사이였지만 눈이 마주치자 진심 어린 눈인사를 했다.

식사가 끝날 무렵, 휠체어 소녀의 어머니가 먼저 진영에게 다가와 인사했다. 은우 또래일 거라 생각했는데, 휠체어 소녀는 벌써 스무 살도 넘은 아가씨였단다. 어머니는 진영보다 훨씬 높은 연배였다. 소녀의 어머니는 이은우를 사랑스럽게 쳐다보며 이렇게 말씀하셨단다.

"어쩜, 우리 애들은 이렇게 예쁠까요? 저는 아이가 셋인데, 20년 넘게 키워보니, 제일 말을 잘 듣고 예쁜 건 요 녀석이더라고요. 키울수록 사랑이에요. 부부의 정을 더 끈끈하게 만들어주는 것도 이 아이고요. ……그냥, 사랑이에요. 그러니 지치지 마세요."

진영은 그 가족이 떠난 뒤에야 겨우겨우 참고 있던 눈물을 터뜨렸다. 위로와 기쁨도 물론 찾아왔겠지만, 무엇보다 은우의 미래를 볼 수 있어서 더 감격스러웠던 게 아닐까 싶다. 성인이 된 뇌병변 환자, 그리고 사랑으로 키운 부모의 모습이, 스쳐 지나가기만 했을 뿐인데도 진영에게 얼마나 따뜻한 온기를 전해주었을까. 훗날 동생은 말했다.

"그때 내 40대, 50대가 기대되더라? 언젠가 리우가 나랑 함께하는 여행을 재미없어할 날이 올 거잖아. 그러면 나는 은우와 함께 이곳저곳 열심히 다닐 거야. 그 생각 하니까 막 설레더라고."

진영은 그날의 일을 인스타그램에 글로 써 올렸다. 희망이 된 이야기는 날개를 달고, 만난 적도 없는 제2의 은우, 제3의 은우, 그리고 그들 가족의 어깨에 따뜻하게 안착했다. 이럴 때 이야기가 마치 살아 숨 쉬는 것 같다. 우리가 발로 뛰지 않아도 이야기는 알아서 온기를 품고, 그것이 필요한 사람에게 가닿는다.

—————————————,———∘

—————————————————, ~~~~~~~~~~~~~~~~~~~~~
PART 3.

—————————, ————?

!------------------------------------

끝끝내,
당신의
세계를
~~~~~~~~~~~~~~~~~~~~~~~~~~~~~~~~~~~。

이해하려는
마음에
대하여

_____ ......

너무나 다르지만, 우리도 가족입니다

『함께 있을 수 있다면』,
안나 가발다

가족보다
더 가족 같은 사람들

2020년 길었던 해의 끝자락, 크리스마스를 며칠 앞둔 어
느 날의 저녁이었다. 즐겨 듣는 라디오 프로그램 「배철수
의 음악캠프」에서 영화평론가 김세윤이 한 영화를 소개
해주고 있었다. 내가 아는 소설의 내용과 비슷해서 귀를
기울였다. 그 영화는 다름 아닌 「함께 있을 수 있다면」. 안
나 가발다의 동명 소설을 영화화한 것으로 오드리 토투

가 주연으로 열연했다. 프랑스에서 영화가 만들어진 지 13년 만에 우리나라에서 개봉했단다. 영화로 만들어진 건 몰랐지만, 여하튼 내가 좋아하는 소설을 라디오에서 소개해주니 반가웠다.

영화를 소개하던 이는 "13년 전보다 오히려 지금 이 영화가 개봉된 것이 더 시의적절해 보인다. 낯선 이의 호의를 선뜻 받아들이고 함께 위로하는 묘한 동고동락의 모습이, 코로나바이러스로 인해 누군가를 함부로 만나지도 못하는 지금 시대에 더 애틋하게 느껴지기 때문"이라고 말했다.

라디오를 들으며 꼭 봐야지, 마음먹었지만 후에도 영화를 보진 못했다. 하지만 덕분에 도서관에서『함께 있을 수 있다면』을 빌려 와 다시 읽어보았다. 읽으면서 상상했다. 오드리 토투가 짧은 커트 머리의 말라깽이 카미유? 제법 잘 어울렸겠단 생각이 든다.

엽서판매상 필리베르는 같은 건물에 사는 카미유의 집에 초대를 받는다. 필리베르는 평소에 말을 더듬고 이상한 복장을 하는 자신을 어떤 편견도 없이 대하는 카미유에게 좋은 감정을 느끼고 곧 친구가 된다. 그림에 재능이 있지만, 그저 청소노동자로 살아가는 카미유는 어느 날 심한 몸살을 앓아 필리베르 집에서 도움을 받는다. 이를 계기로 그녀는 필리베르의 집에서 아예 살게 된다. 사실 필리베르에겐 이미 또 다른 동거인이 있었다. 프랑크는 필리베르의 친구로 돈 벌기 급급한 요리사다. 게다가 요즘은 유일한 혈육인 할머니마저 아픈 바람에 인생이 제대로 꼬였다며 내내 화가 나 있는 상태다.

카미유와 함께 사는 것이 못마땅했던 프랑크 때문에 처음엔 크게 싸우기도 하지만, 여러 시행착오를 겪은 끝에 셋은 서로의 결핍을 채워간다. 프랑크는 카미유의 도움으로 빡빡한 일상 속에 숨을 돌릴 여유가 생기고, 필리베르는 두 사람의 진정성 있는 격려를 받으며 마침내 무대 위에 서고, 카미유는 두 사람을 모델로 그림을 그리며 병약하기만 했던 삶을 건강하게 바꾼다.

세 사람은 공통점이 있는데 여러 다른 의미로 '원가족'에게 상처를 받았다는 것이다. 그 상처는 매번 인생의 걸림돌이 되었다. 피 한 방울 섞이지 않은 셋은 더 가족 같은 관계를 다지며 그 상처를 서로의 도움으로 치유한다. 어떻게 보면 가족이라는 이름은 세 사람에게 더 잘 어울렸다.

앞서 언급했던 한 영화평론가가 이 소설을 두고 '13년 전보다 오히려 지금 더 잘 어울리는 이야기'라고 표현한 것은 ― 물론 코로나의 영향도 있겠지만 ― 바로 이런 부분 때문이라고 생각한다. 지금은 필리베르와 카미유, 프랑크와 같은 새로운 가족의 형태를 충분히 받아들일 수 있는 시대이기 때문이다. 반드시 이성과 살지 않아도, 반드시 아이를 낳지 않아도, 반드시 법적 혼인의 테두리 안에 있지 않아도 얼마든지 잘 살 수 있음을 지금은 잘 알기 때문이다.

너무나 다른 존재들의
가족살이

소설 속 세 주인공을 보니, 『여자 둘이 살고 있습니다』라는 책이 생각났다. 최소한의 물건만 두며 오래 사용하는 미니멀리스트와 허락되는 한 최대한의 물건을 품고 사는 맥시멀리스트 동갑내기가 함께 살며 반반씩 쓴 에세이다. 따로 살며 친하게 지낼 땐 '소울메이트'나 다름없었는데, 살림을 합치면서 둘은 '너무나 다른 존재'임을 절감한다. 지독하게 싸우고 울고 합의하며…… 둘은 여전히 잘 지낸다.

내 비록 지금은 남자와 결혼하여 아이를 낳아 법적 가정생활에 충실하지만, 위 책의 저자인 김하나와 황선우처럼 동성 소울메이트와 동고동락한 시간이 법적 혼인관계에 있는 남편과 함께한 시간보다 (아직은) 더 길다. 『여자 둘이 살고 있습니다』의 내용은 서울에서 효정과 내가 함께 살던 시절의 그것과 무척 비슷했다.

그런데 또 한편으로 생각해보면, 지금 남편과 사는 모습과도 크게 다르지 않다. 황선우의 글은 현재 나와 가족의 관계에도 성립되는 것이기 때문이다. 황선우는 책에서 "사람은 혼자서도 행복할 수 있지만, 자신의 세계에 누군가를 들이기로 결정한 이상은, 서로의 감정과 안녕을 살피고 노력할 수밖에 없다. 우리는 계속해서 싸우고, 곧 화해하고 다시 싸운다"라고 이야기한다. 이어서 "그리고 이렇게 이어지는 교전 상태가 전혀 싸우지 않았을 때의 허약한 평화보다 훨씬 건강함을 나는 안다"라고 덧붙인다.

건강한 관계를 유지하고자 싸우고 조율하는 과정의 수고로움을 감당할 마음이 있다면, 앞서 언급했듯 굳이 이성과 살지 않아도, 굳이 아이를 낳지 않아도, 굳이 법적 제도 속에 들어오지 않아도, 모두 가족이라 칭할 수 있을 것이다. 오히려 더 재미나고 풍성한 이야기를 만들 수 있지 않을까?

따로 또
같이

내 주위엔 비혼들이 많다. 어느 날은 제주로 이주한 친구들이 모였는데, 나 혼자만 기혼인 경우도 있었다. 나만 트렌드를 읽지 못하고 구태의연하게 결혼한 인간처럼 느껴지기도 했다.

친하게 지내는 작가 세 명이 모두 제주에 내려와 같이 산 적도 있다. 역시 같이 사는 건 큰 에너지가 드는 일이라 지금은 각자의 집을 마련해서 산다. 대신 가까이 살면서 서로의 필요를 채워준다. 하루 이틀 연락이 뜸하다 싶으면 전화를 걸거나 집으로 찾아간다. 아파서 아무것도 못 먹은 채 누워만 있으면, 대신 죽을 끓여주고 병원에 데리고 간다. 먼 곳으로 이동할 땐 기꺼이 운전기사가 되어주기도 한다. 밤새 이어지는 대화를 안주 삼아 소주 한 병으로 긴 밤을 보낼 수도 있고, 그러다가도 한두 달 멀어져 지낼 수도 있다.

가끔씩은 그런 쿨한 관계를 지닌 때가 그립기도 하다. 나는 한 존재의 치아를 닦는 일부터 똥꼬를 닦는 일까지, 일거수일투족을 지켜보고 잔소리해야 하며 쿨하고 싶어도 쿨하지 못해 쪼잔한 일에 대한 걱정까지 짊어지고 있기 때문이다.

물론 동성과 함께 살건, 아이를 낳지 않고 살건, 아니면 혼자 살건, 이제는 비교할 수 있는 일이 아님을 알고 있다. 완전히 다른 길을 걷지만 어떤 면에서는 모두 '가족'이라는 단어로 표현되는, 그저 서로 다른 형태의 가족일 뿐이니까. 그래서 누가 더 낫네, 나쁘네, 다시 태어나면 어쩌네 하며 비교하기보단 응원해주기로 다짐한다. 서로의 형식을 인정해주며.

『노 임팩트 맨』, 콜린 베번
『지구별을 사랑하는 방법 100』, 김나나

지구와 더불어
살아가는 사람들

처음 이 책을 쓰기로 했을 때, '환경'에 관한 글 한 편도 꼭 써야지 마음먹었다. 그때 생각해둔 책은 『노 임팩트 맨』 이었다. 요즘에야 환경에 관한 크고 작은 체험기가 많지만, 10년 전엔 이 책이 단연 돋보였다. 세상에 분리수거만큼 어려운 게 없었던 10년 전 내게 이렇게 재미있고 신선한 환경운동 체험기는 처음이었다. 아직도 이 책은 내 책장 중앙에 자리 잡고 있다.

노 임팩트 맨의
임팩트

이 책의 저자 콜린 베번은 가족과 함께 1년 동안 뉴욕을 떠나지 않으면서 환경에 아무런 영향을 주지 않는 삶을 사는 모험을 한다. 쓰레기를 만들지 않고, 화학물질, 세제 등을 쓰지 않으며, 먼 지역의 농산물을 먹지 않고, 반경 400킬로미터 안에서 생산된 제철 음식만을 먹기로 한 것이다. 이 말인즉슨, 서울에서 종이 및 휴지를 사용하지 않고, 세제를 넣은 빨래를 하지 않으며, 바나나와 같은 해외에서 오는 과일을 먹지 않는 것과 같다. 나로선 앞 문장의 초반에 나오는 단어를 채 읽기도 전에 포기해야 하는 일이다. 세상에, 휴지를 안 쓰고 어떻게 하루를 버틸 수 있는가. 게다가 당시 콜린 베번에겐 일회용 기저귀를 차는 딸아이가 있었다.

  "어떤 문제에 대해 병이 날 정도로 걱정하면서 정작

아무것도 안 하는 나에게 신물이 난" 까닭에 이 일을 시작한 콜린 베번은, 기저귀 찬 딸아이, 명품과 모피를 사랑하는 아내와 함께 모험을 시작한다. 그들도 시작 단계에서부터 포기하고 싶은 욕구가 강렬했다. 일단 쓰레기를 배출하지 않을 수 없었으니까.

하지만 궁리하고 연구하고 부지런해진(이 단어가 가장 중요하다) 끝에 이 프로젝트를 차차 실행하기 시작했다. 딸아이에게 천기저귀를 입혔고, 환경에 유해한 기름을 쓰지 않기 위해 자동차를 버리고 개조한 자전거를 타기 시작했다. 전기마저 끊었다. 집 안에 차단기를 내린 채 밝을 때만 일했으며, 텔레비전을 눈앞에서 치워버렸다. 물을 아끼기 위해 최소한의 물로 온 가족이 샤워했다. 옷은 해지기 직전까지 입었다. 이렇게 되기까지 우여곡절을 그린 책은 저자 특유의 유머러스함 덕에 끝까지 재미있게 읽힌다. 그렇지 않았으면 가뜩이나 마음이 무거워지고 어렵게만 느껴지는 환경 문제 앞에서 책장을 덮고 말았을 것이다.

콜린 베번의 1년 체험기는 훗날 영화로도 만들어졌다. 저자는 국회의원들 앞에서 기후 변화에 관한 강의를 하기도 했다. 이 책 역시 전 세계에 출판되었으니, '노 임팩트 맨'의 임팩트는 실로 대단하다. 나 역시도 이 책을 매우 재미있게 읽었고, 또 소중하게 생각하지만, 혹시나 내게 "환경운동을 실천하고 싶은데 추천해줄 책 있어?"라고 누군가 묻는다면 『노 임팩트 맨』을 떠올리진 못할 것 같다. 이 책은 위대한 사람의 위대한 모험기이지, 감히 따라 할 수는 없기 때문이다. 난 휴지 안 쓰는 걸 실천하기는커녕 생각조차 할 수 없다.

노 임팩트 대신
리틀 임팩트 한다면

그래서 내가 추천하는 책은 『지구별을 사랑하는 방법 100』이다. 저자인 김나나는 환경운동가로 자녀가 아토피로 고생하면서 세제와 화장품 등에 들어간 유해 화학물질에 큰 관심이 생겼다. 이후 생활 속에서 전반적인 환경운동을 하게 되었고, 이 책은 그 실천법들을 정리해 펴낸 책이다. 이 책의 가장 큰 장점은 "어, 쉬운데?" "이 정도는 할

수 있을 것 같은데?"라는 마음이 들어 책을 읽은 바로 그 날! 실행할 수 있다는 것. 예를 들면,

"쓰레기는 쓰레기통에 버려주세요."

"가까운 곳은 걸을 수 있잖아요?"

"치약은 콩알만큼만 짜보세요."

"집에선 어제 이불 오늘도 쓰잖아요. 호텔에서 연박할 때 침구류 바꾸지 말아요."

"청구서는 이메일로 받아볼까요?"

이런 류의 실천법이 100가지인 것이다. 100가지 모두 다 지킬 필요도 없다. 지킬 수 있는 것만 지키면서, 조금씩 늘려가는 것도 방법이니까.

환경운동, 나와의 작은 약속을
지키는 과정

제주에 내려오고 어느 정도 시간적 여유가 생겨서 나름 실천하는 일들이 몇 가지 있다. 텀블러를 사용하고, 종이컵을 비롯한 일회용 컵을 사용하지 않는다. 부득이하게

사용하는 경우엔 몇 번 더 재활용한다. 테이크아웃 컵은 아들의 채집용 통으로 활용한다. 이 책을 읽고선 머리는 샴푸만, 몸과 얼굴은 비누만 쓰고 그 외 린스나 보디샴푸는 쓰지 않는다. 화장품도 최소한으로 줄였다. 한 달에 한 번은 '쓰줍은 운동'을 해보고 있다. 가까운 바다나 동네를 한 바퀴 돌며 쓰레기를 줍는 것이다.

그러나 이것도 역시 습관이라 하고 나면 정말 뿌듯하고 즐거운데도, 운동처럼 한번 놓치면 '에잇, 까짓것, 나 혼자 한다고 뭐가 달라지겠나' 하며 원점으로 돌아가고 만다. 제주에 내려오고부턴 생리대를 빨아 썼는데, 한번 귀찮아서 일회용 생리대를 썼더니 그렇게 편할 수가 없었다. 이후 달마다 그날이 돌아오면 일회용 생리대의 편리함 앞에 자주 무릎을 꿇었다. 대형마트를 갈 때 장바구니나 양파망(무게를 재는 채소나 과일을 비닐에 담는 대신 사용하는)을 깜박하면, 그날은 플라스틱과 비닐의 사용량이 급격하게 많아진다. 그러면 자괴감이 든다. 두부 한 모만 사도 비닐과 플라스틱이 생기는데, 과연 내가 하는 실천이 환경에 도움이 될까? 자신이 없어진다.

그래서 나는 결단했다. 최소한의 것을 지키되, 다시

돌아가진 말자! 만약 카페에 갔는데 텀블러를 가지고 오지 않았다면, 과감히 돌아선다. 마시지 못한 커피는 아쉽지만, 그 덕분에 나와의 약속을 지켜내고 커피값까지 아꼈다. 마트에 갔는데 장바구니를 가지고 오지 않았다면, 과감히 돌아선다. 대신 냉장고를 하루 더 파먹음으로써 환경보호에 일조했다고 다독인다. 지키기로 한 것을 지키지 못하는 상황에 놓였을 때, 그 상황을 포기했더니 '나와의 작은 약속'을 좀 더 단단하게 지키는 계기가 되었다.

지구와 이웃을 사랑하는
작지만 확실한 방법

"진희 씨, 마루가 이제 안 갖고 노는 장난감이랑 책들 있는데 선우한테 필요할까요?" 하며 계절이 바뀔 때마다 오는 메시지가 있다. 이웃 동네에 사는 마루네 가족은 동네 사진관을 운영한다. 우연히 가족사진을 그곳에서 찍으면서, 가끔 특별한 일이 없을 때도 들러 언니와 수다를 떠는 사이가 되었다. 마루는 선우보다 세 살 위라, 인연을

맺은 뒤부턴 마루가 가지고 놀던 장난감, 옷, 신발, 책 등을 물려받았다.

물론 새것보다 더 좋을 리는 없다. 하지만 마루가 가지고 놀던 장난감 중에서도 유독 손때가 묻은 흔적을 발견하거나, 늘 같은 부위가 해진 옷을 발견할 때, 물려준 아이가 어떤 놀이를 재미있어하고, 어떻게 놀았는지를 상상할 수 있어서 좋다. 선우 역시 흙바닥을 기어 다니고 뒹굴면서 노는 데다 하루가 다르게 쑥쑥 크는 나이라 새 옷보다는 헌 옷을 물려받아 입히는 게 여러모로 편하다.

선우가 입은 옷 중 깨끗한 것들은 역시나 같은 동네에 사는 지율이에게로 간다.(하지만 여자아이인 지율이는 이제 조금씩 예쁘고 화려한 치마에 눈을 뜨는 중이라 이 물려받기는 곧 끝날지도 모르겠다.) 아이들이 스스로 어떤 옷을 입겠다고 말하기 전까진, 이렇게 나눠 받는 일 역시 지구를 사랑하는 환경운동 중 하나다.

머칠 전에도 언니의 집에 마루의 장난감을 얻으러 갔다. 언니네 집에서 차를 마시며 잠시 담소를 나누었는데, 언니가 내준 차의 빛깔이 붉은 와인처럼 예쁜 것이다. 그건 제주도 밭에 많이 자라는 비트라는 채소를 말린 것이었다. 말린 비트 조각을 한두 개 잔에 떨어뜨리고 뜨거운 물을 부었더니, 맛도 좋고 보기에도 예쁜 차가 나왔다.

자연은 버릴 것 하나 없이 우리에게 다 내준다. 그런 자연에게 아주 사소한 것, 당연한 것 하나쯤은 지키며 살아가도 되지 않을까? 쓰레기는 쓰레기통에 넣는 것 정도는 지키며 살아가도 되지 않을까? 단, 지키기로 한 것은 죽을 때까지 절대 배신하지 않으며 말이다.

『시선으로부터.』,
정세랑

끝끝내, 세상을
변화시키는 사람들

결혼하고 첫 명절은 2015년 추석이었다. 소수의 지인만 불러 제주에서 작은 결혼식을 한 터라 추석 명절 때 처음으로 남편의 일가친척을 만났다. 남편의 집안은 여느 평범한 집처럼 대대로 제사 문화를 이어가고 있었다. 나보다 먼저 제주로 이주한 시어머니는 제주로 내려오기 전까지 매년 많은 제사를 짊어지던 분이었고, 2015년 그날도 시할머니 댁에서 제사 음식을 차리셨다. 그날 나는 살면서 처음으로 차례 풍경을 목격(?)했다.

우리 집은 3대째 기독교 집안이라 할머니 시절부터 제사 문화가 없었다. 명절 때 우리 엄마가 앞치마를 두르고 전을 굽거나 탕국(이라는 말도 그날 처음 들었다) 끓이는 걸 본 적이 없다. 친척이 모이면 뷔페식으로 남자나 여자나 알아서 떠먹는 문화로 바뀐 지도 오래되었고, 설거지는 주로 대학생 신분을 가진 자들이 맡았다.

그렇다고 우리 가족이 성평등을 이룩한 완벽한 집안이냐, 그건 아니다. 엄마의 시댁은 일찍이 어른들이 돌아가셨기 때문에 딱히 모일 일이 없었다. 그래서 나는 주로 외가에서 명절을 보냈는데, 엄마는 그곳에선 며느리가 아닌 딸이었기에 어느 정도 특권을 누렸을 것이고, 며느리들은 고생을 많이 했을 것이다. 분명 누군가는 장을 보고, 전을 굽고, 며칠 동안 음식을 해야 했으니까. 그저 그것을 내가 하지 않았기에 '무관심했다'라고 표현하는 것이 정확하겠다.

가만히 어린 시절을 생각해보면, 큰 외숙모는 명절 때 자주 아팠고, 가끔 외숙모들 사이가 좋지 않다는 소문이

돌 때가 있었다. 서른을 훌쩍 넘겨 결혼해 출가외인으로 첫 명절을 맞은 뒤에야 나는 비로소 외숙모들의 삶이 고단했겠구나, 생각했다. 난생처음 접한 신세계 앞에서 '여자란 무엇인가'를 진지하게 고민했다.

이것이 정말
추모인 걸까?

2015년 추석, 나는 잠자는 시간을 제외하고는 종일 시할머니 댁 부엌에만 있었다. 차례 음식에 뭘 올리는지도 모르는 내게 음식을 맡길 리 없었고, 이틀 동안 설거지만 했다. 설거지가 없을 때도 부엌 밖을 나가질 못했다. 시어머니와 어머니의 동서들이 부엌을 나가지 않았기 때문이다. 나 포함 네 명의 며느리들이 부엌에서 지지고 볶을 때, 남편과 그의 사촌들은 텔레비전을 봤다. 남편은 당시 가시방석에 앉은 것보다 더 불편했을 것이다. 하지만 부엌 근처에 어슬렁거리기라도 할라치면 시할머니의 불호령이 떨어졌다. "어디 남자가 부엌을 기웃거리노!"

드라마와 책에서나 접한 일들이 눈앞에서 벌어졌다. 그런데 막상 차례 시간이 되니, 이틀 동안 음식을 차리던 여자들은 또 부엌에서 나오질 못했다.(이유가 너무 가당치 않아서 생략한다.) 차례가 끝난 뒤 집안 남자들과 겸상한 채 밥을 먹으면서, 그리고 제기를 닦으면서, 나는 무수히 생각했다. 제사는 여자들을 괴롭히려고 만든 제도인가? 이후 나는 다시 제사에 참석하지 않았다. 바다 건너에 있다는 핑계로 어머니가 먼저 불참석을 알리셨고, 나도 자연히 그 불합리한 제도와 멀어졌다.

내가 받고 싶은
제사상은

정세랑의 『시선으로부터,』는 한 가족이 하와이에서 엄마의 제사상을 차리는 소재로 풀어나가는 이야기이다. 시대를 거스르는 페미니스트였던 엄마 심시선의 '제사를 지내지 마라'는 유언대로 가족은 10년간 제사를 올리지 않았지만, 10주기를 맞이해 조금 더 특별한 방법으로 엄마를 추모하고자 하와이에 모였다. 제사 음식을 차리는 것이 아니라, 하와이에서 각자가 생각하는, 엄마를 기릴 수 있는 의미 있는 것을 상에 올리자고 큰딸이 제안한 것이다.

그렇게 딸과 아들, 사위와 여러 손주는 하와이에서 며칠을 보내며 생전에 엄마이자 할머니, 장모님이 좋아한 것이 무엇인지 생각하고 여행의 마지막 날, 각자가 준비한 것들을 꺼내 상에 올려놓는다. 어떤 이는 여행 내내 배운 훌라댄스를, 어떤 이는 서핑을 하며 담아온 파도 거품을, 어떤 이는 생전에 엄마가 좋아했던 핸드드립 커피를, 어떤 이는 팬케이크, 어떤 이는 해양쓰레기로 만든 재생 플라스틱 모형탑을. 제사상은 그야말로 "다채로운 개판" 같았지만, 그 어느 때보다 이 제사상의 주인공을 오래, 또 많이 생각하고 위했을 것이다. '추모'의 의미를 완벽히 이뤄낸 것이다. 나는 책을 읽으며 감탄했다. '와! 이런 제사상이라면 나도 받고 싶다.'

나의 시어머니는 예순 살에 제주에 입도하셨다. 어머니의 오랜 꿈이기도 했다. 간병이 필요했던 집안의 어른(시아버지와 친정어머니)들이 돌아가신 뒤, 오랫동안 남편을 설득해 제주로 내려오셨다. 100퍼센트라고 말하긴 어렵지만, 어머니가 가지고 있던 책임감에서 조금 자유로워졌기에 가족에게서 벗어나고픈 마음이 상당한 지분을 차지했을 거라고 생각한다. 그중에서도 어머니가 나고 자라는 데는 아무런 기여도 하지 않은, 엄밀히 말하면 어머니 남편의 조상, 일면식 없는 내 남편의 증조할아버지, 고조할아버지가 제주 입도의 꿈을 이루는 데 일조하셨다고 생각한다.

어머니의 제주 입도로 나는 자연스럽게 남편의 조상님들과 멀어지는 특혜를 얻었다.(어머니는 다 계획이 있었던 것이다!) 제사에 많은 시간과 품을 들이며 희생했던, 사실상 제사의 중심이었던 며느리의 '제주 이주'는 당시 큰 충격이었지만, 시간이 흐르면 사람들의 마음은 잠잠해지는 법. 어머니의 일탈로, 제사는 점점 줄어들고 있다.

형식은 폐하고
마음은 단단히

살아온 길이 너무나도 다르지만,『시선으로부터,』의 심

시선과 내 시어머니에겐 공통점이 있다. 진정한 페미니스트라는 것. 어머니와 심시선은 '여자'라는 이유로 온갖 희생을 짊어지던 시대를 살았다. 다음 세대만큼은 희생과 차별을 겪지 않길 바라는 마음으로 잘못된 제도와 형식을 끊어내는 사람, 나는 그런 이들이 세상을 변화시킨다고 믿는다. 무턱대고 남성을 비하한다든지, 잘못된 분노로 다른 혐오를 만들어내는 가짜 페미니스트들 틈에서 어머니와 같은 존재를 만나면 위안이 된다.

30년 동안 수백 번 제기를 닦으며 어머니는 제사에 대해, 여자에 대해 무수히 고민하고 분노하고 정리했을 것이다. 심시선은 세 번의 이혼을 겪으며 결혼이라는 제도가 얼마나 보수적이고 여성에게 불리한지 체험했을 것이다. 두 사람은 모두 자기 자신을 시행착오의 결과물이라 생각하고, 아들딸들에게는 더 나은 방식의 길을 알려주려 노력한다. 그 모습은 그 사람을 사랑하게 만든다. 언젠가 세상에 존재하지 않고 우리만 남게 되었을 때도 그 사람을 오래 기억하고 싶게 만든다.

어느덧 일흔을 바라보게 된 시부모님은 요즘 들어 죽음에 대해 자주 생각하신다. 막연한 두려움을 느낀다기보다, 당연히 찾아올 일에 대비해 실제적이고 구체적인 계획을 세우고 계셨다. 두 분이 함께 부산에 다녀오신 어느 날, 고향 대학병원에 시신 기증 서약을 하고 오셨다. 그 내용을 담은 문서를 보여주시며 담담하게 설명하시는데, 아직도 먼 미래에나 닥칠 일이라고 생각했던 나는 괜히 당황해서 눈물이 터졌다. 나의 부모님이 돌아가시는 것만큼이나 두 분의 죽음에 대해 생각하고 싶지 않았다.

요즘 아파트들이 어려운 영어 이름을 쓰는 이유가 '시'어머니가 아파트를 못 찾게 하기 위해서라는 우스갯소리를 들은 적이 있다. '시'자만 붙어 있어도 진절머리 내는 세상이지만, 나는 이 두 사람을 사랑한다. 두 사람이 전적으로 내게 맞춰주거나 모든 부분이 잘 맞아서 사랑하는 게 아니다. 때론 의견이 맞지 않고, 정치적 성향이 맞지 않고, 무심히 흘린 말에 상처를 받기도 한다. 그런데 그건 나를 낳아주신 부모님과 피붙이 여동생과도 마찬가지다. 그것과는 별개로 두 사람을 아끼는 마음이 생긴 걸 보면, 우린 정말 가족이 되었다. 제사상에서 절만 받는 형체 없는 조상이 아니라, 진정 추모하고 싶은 대상이 되었다.

언젠가 오랜 시간이 지나 세상과 작별한 시어머니를 나는 어떻게 기억할까? 당신의 기일에 나는 어떤 것을 준비할까? 그림 그리기와 손뜨개를 좋아하셨으니, 그것과 관련된 무언가를 준비해볼까? 당신을 추모하는 일, 당신을 생각하는 일이 기다려진다면, 그것만으로도 마음이 행복하시지 않을까? 고인을 추모하는 일보다 장을 보고, 전을 굽고, 음식을 차릴 걱정이 앞서지 않도록, 지금부터 사랑하는 마음을 더 단단히 만들어야지.

『파리 좌안의 피아노 공방』,
사드 카하트

결국 누군가의 마음을
움직이는 사람들

일할 때 종종 백건우의 피아노 연주를 틀어놓는다. 그의 연주에 홀랑 마음을 빼앗겨 아무것도 하지 않은 채 창밖만 볼 때도 있고, 어떨 땐 무슨 곡이 흘러나오는지 모를 정도로 집필에 빠져들기도 한다. 둘 다 썩 나쁘지 않은 기분이다.

음악을 종일 틀어놓고 지내는 편도 아니고, 클래식에

조예가 깊은 것도 아니지만 유독 백건우의 연주를 좋아하는 이유는 그 사람의 이야기가 먼저 다가왔기 때문이다. 10여 년 전, 라디오 시사방송 작가였던 현정에게서 들었던 이야기는 내 마음을 울렸다. 그녀는 당시 몸담고 있던 라디오 프로그램에 출연했던 배우 윤정희의 이야기를 들려주었다.

젊고 가난한 피아니스트의
훌륭한 이웃

유학 중이던 청년 피아니스트와 당시 우리나라 최고의 여배우가 함께 사는 수십 년 동안 많은 이야기가 탄생했다. 모든 이야기가 멋졌지만, 아직도 내 마음에 남은 이야기는 백건우와 윤정희가 30년 넘게 살았던 낡은 아파트, 정확히는 그 아파트에 사는 이웃에 관한 것이었다.(현재는 이곳에서 살지 않는다고 한다.) 따로 연습실이 없어 종일 집에서 피아노를 쳤고, 심지어 음반 녹음도 집에서 했다는 백건우를 두 팔 벌려 환영해주었던 이웃들. 방음이 부실한 아파트에서 매일 짧지 않은 시간 동안 들리는 피아노 연주가 한 번쯤은 싫기도 했을 텐데, 이웃들은 백건우의 연습 시간을 항상 기다렸다고 한다. 30년을 한결같이 말이다.

연습이 끝나 백건우 윤정희 부부가 산책하러 현관문을 나서면, 어느 날은 '이사 가지 마시라'라고 적힌 편지와 함께 꽃다발이 놓여 있기도 했다. 아랫집 혹은 윗집에 살았던 한 노인은 임종 때 백건우의 연주를 들으며 편안히 하늘나라로 가셨는데, 후에 자녀들이 찾아와 "아버지가 연주 시간을 늘 기다리셨다"라며 고마움을 전하기도 했단다.

이야기를 들은 뒤부터 나는 파리의 어느 노후한 아파트를 종종 상상했다. 낡은 창문 틈으로 흘러나오는 아름다운 피아노 선율, 수십 년 동안 변하지 않던 일정한 연습 시간, 또 연습이 끝나면 어김없이 팔짱을 끼고 현관을 나서는 ― 한때는 젊은 부부였던 ― 노부부의 뒷모습, 자동차도 휴대폰도 없이 살며 오직 자신의 일과 사랑하는 사람에게 충실했던 두 사람, 매일 걸었던 길이지만 계절마다 다른 모습을 했을 두 사람의 산책길, 그리고 두 사람을

사랑했던 낡은 아파트의 이웃…… 이 풍경을 상상해보고
싶어서 그의 연주를 자주 들었다.

이방인에서
이웃이 되는 순간

> "음악과 기억, 이 둘이 결합했을 때보다 가슴을 강
> 하게 누르는 것이 또 어디 있을까."

사드 카하트의『파리 좌안의 피아노 공방』에는 이런
문장이 나온다. 실제로 아름다운 음악과 켜켜이 쌓인 이
웃 간의 소소한 추억을 합하니, 이보다 더 단단한 것을 찾
을 수 없다.『파리 좌안의 피아노 공방』을 읽을 때 (실제
로 만난 적은 없지만 늘 상상했던) 백건우와 이웃들이 생각났
다. 파리와 피아노라는 공통분모 때문이기도 하지만, 책
에서 그려진 동네의 분위기와 피아니스트의 이웃들은 묘
하게 닮았다.

파리의 좌안이라는 동네에 사는 저자는 아이를 유치

원에 데려다주며 눈여겨봐온, '데포르주 피아노: 공구, 부품'이라는 간판이 달린 가게에 들어간다. 작은 가게는 간판에 적힌 대로 피아노의 부품을 교체해주고 고치는 곳이었다. 그러나 한 번씩 여러 대의 피아노가 가게로 들어가는 것을 본 적이 있는 저자는, 평소 악기 수리만으로 가게 유지가 될지 궁금했던 데다, 때마침 피아노를 구입하려던 참이어서 주인에게 넌지시 "중고 피아노를 구한다"라는 말을 건넨다. 주인은 그런 질문을 할 줄 몰랐다는 표정으로 "흔한 일은 아니라서요. 나중에 또 한번 들러주십시오"라고만 답한다. 이후로도 저자는 몇 번을 더 찾아가지만, 항상 똑같은 대답만 돌아온다. 이상한 오기로 저자는 계속해 가게를 찾아가고, 사실은 이곳이 동네에서 가장 유명한 중고 피아노 거래 장소임을 알게 된다. 하지만 가게 주인과 구매자가 '이웃'이라는 단단한 결속력을 지녀야 거래가 성사될 수 있었다.

저자는 인내심을 가지고 계속 가게를 찾아간다. 그리고 결국 기회를 얻게 된다. 나이가 지긋했던 가게 주인이 자신의 밑에서 오래 일한 뤼크에게 가게를 넘겨준 것이다. 그간 저자의 인내심 있는 행동을 지켜봐왔던 뤼크는 저자 마음에 쏙 드는 중고 피아노를 마련해준다. 이방인에서 이웃이 되는 순간이다.

이야기는 어렵사리 마음에 드는 피아노를 산 것으로 끝나지 않는다. 이야기는 지금부터 시작이었다. 뤼크와의 인연으로 서로 신뢰를 쌓은 저자는 이후에도 종종 가게에 들러 새롭게 들어오고 나가는 피아노를 구경하면서, 이 공간에서 자신과 이웃 간의 영역을 확장해나간다. 피아노를 거래했던 가게 주인, 피아노를 집까지 운반해주는 사람, 조율사, 훗날 자녀의 레슨을 맡아준 피아노 강사…… 한때는 이방인이었던 저자가 공방으로 인해 이웃으로 탈바꿈하고 소속감을 가지는 모든 과정이 정말로 천천히 그리고 촘촘하게 진행된다.

낯선 이를 친구로
받아들이기까지

저자는 미국인으로 오랜 프랑스 생활을 이어가는 이방인이다. 그래서인지, 아니면 원래 기질 때문인지는 알 수 없지만, 이웃에게 스며들기 위해 조급해하는 마음이 없다. 자신에게 맞는 피아노를 갖기 위해 수차례 가게에 들러 물건을 살피고, 주인과 안면을 트고, 때론 아무 용건도 없이 잠시 들렀다 가기도 한다. 마치 매일 자신에게 주어진 일이라는 듯 묵묵히 행할 뿐이다. 그런 그의 항상성(恒常性)이 이웃의 마음을 움직였을지도 모르겠다. 친분을 쌓기 위해 하는 조급한 행동은 누구라도 눈치챌 수 있으니까.

어김없이 찾아오는 계절 같은 그의 느긋함이 부러웠다. 나는 성격이 급해서 뭔가 임무를 받으면 빨리 해치우고 싶어 한다. '해치우자'라는 의지는 종종 일과 사람과의 관계를 그르치기도 했다. 저자의 행동은, 내게는 그저 생략하고 싶은 불편한 것들이었다. 물건을 사러 갔다가 빈손으로 나오는 것 자체가 어색하고 부끄러운 일이라고 생각했다. 그래서 나이가 들수록 무르익어야 할 물건 고르는 일에 아직도 서툴다.

사람과의 관계도 마찬가지다. 쉽게 친절을 베푸는 사람에게 성급하게 마음을 줬다가 상처를 받은 적도 있다. 빨리 친해진 관계 때문에 부담스러운 상황이 발생하기도 했다. 몇 번의 시행착오를 거치니, 쉽게 전화번호를 건네지 않아도, 애써 집으로 초대하거나 만나지 않아도 연이 될 사람이면 자연스럽게 기회가 찾아오는 것을 이제는 알게 되었다. 성급한 마음을 다독이며 다음 기회를 기다리는 시간, 간단한 인사 외엔 입 밖으로 말을 꺼내지 않는 시간은 단단한 관계를 위해 꼭 필요한 과정이었다.

나에게도
그런 이웃이 있다

제주에 오고 6년째 같은 동네에 살고 있다. 연초에 5년째 살던 집 바로 맞은편으로 이사했다. 바로 맞은편으로 이사한 것이니 이웃이 바뀌진 않았다. 평소와 다름없이 출근길에 만나는 사람들과 눈인사를 하고, 아이의 등원길에 만나는 이웃과 담소를 나눈다.

　이사하던 날이 아직도 생각난다. 새해 첫 토요일이었는데, 아들은 할머니 집으로 보내고, 남편은 출근해서 나혼자 정신없이 책장 정리를 하고 있을 때였다. 원래 살던 집 윗집에 사시는 목사님 부부가 두루마리 휴지를 들고 잠깐 건너오셨다. 우리가 생애 처음 마련한 집인 걸 알고 꼭 축하하고 싶었단다. 작고 낡았지만 깨끗하게 고쳐진 집을 보고 정말 본인의 일인 양 나를 끌어안으며 기뻐하셨다. "정말 잘했다"며 좋아하시니 나도 덩달아 기분이 좋았다.

지어진 지 20년이 넘은 연립빌라에 십수 년 이상 사신 지역 토박이 분들이다. 특히나 목사님네는 우리가 처음 이사 와서 차가 없던 시절부터 우리를 봐오셨다. 임신한 내 배가 불러오고, 중고 경차를 한 대 마련하고, 아이를 낳았을 때도, 이웃은 변함없이 우리를 지켜보며 지금처럼 축하해주었다. 우리의 일상이 자연스럽게 그분들에게 스며든 것이다.

딱히 집으로 초대하거나 같이 여행을 가거나 서로 전화번호를 묻거나 하는 일은 지금껏 없다. 기껏해야 우리가 하는 일은, 파치로 얻은 한라봉으로 청을 담아 드리거나, 우연히 집 근처에서 만나면 선우 용돈을 받거나 하는 정도이다. 그래도 '이웃' 하면, 나는 목사님 가정을 떠올린다. 뭔가 더 해야 하나, 신경이 쓰일 때가 있다. 그럴 땐 그냥 그 마음을 꾹 참고 넘기는 것이 상책임을 이제는 안다. 나 역시도 이 책의 저자 사드 카하트처럼, 백건우와 윤정희처럼, 누군가의 눈엔 이방인이다. 이방인에겐 언제나 시간이 필요하다.

가끔 제주 텃세에 대한 이슈가 생긴다. 그런 문제는 사실, 시간이 무르익지 않았음에도 에쓰는 마음 때문에 일어난 게 아닐까 싶다. 애쓰지 않아도 일상처럼 받아들여지는 것을 우리는 '자연(自然)'이라 부른다. 시간이 무르익어 만들어지는 일, 그 일은 어렵다. 그러나 조급함을 내려놓고 마음을 다독여본다면, 욕심을 내려놓는다면, 자연스럽게 상황이 바뀌고 어느새 조금 더 가까워져 있을지도 모른다.

나는 이상형과
결혼했다

『나의 미카엘』,
아모스 오즈

때론 다투고, 때론 토닥이며
오랜 시간 함께하는 사람

나는 대학에서 문예창작을 공부했다. 과 특성상 중간·기말고사 시험을 친다거나 논문을 제출하는 일은 없었다. 우리 과는 시험지 대신 창작물을 냈다. 학교가 시험 기간에 돌입하면, 우리에게 시 창작을 가르쳤던 선생님은 포트폴리오나 창작 노트를 중간 점검하셨다. 학기 초에 이미 받았던 과제라서, 매일 습작한 노트나 책을 읽고 인상 깊었던 구절을 스크랩해놓은 노트를 제출했다. 노트는 다시 돌려받았는데 중간중간에 선생님이 써놓은 코멘트를 읽는 재미도 쏠쏠했다.

> "그 사람은 나에게 다쳤느냐고 물었다. 나는 발목을 삔 것 같다고 대답했다. 그는 '발목'이라는 단어를 좋아했다고 말했다. 그리고 미소 지었다."

사물을 구체화하는 것이 글쓰기의 가장 기본이라고 가르치셨던 선생님은 내가 인용한 『나의 미카엘』의 이 문구를 좋아하셨다. 당시 나는 아모스 오즈가 쓴 『나의 미카엘』을 읽지는 않았다. 어디서 저 구절을 주워듣고 노트에 적어놓기만 했을 뿐. 그로부터 3년 뒤에나 『나의 미카엘』을 읽게 되었다. 위에 인용한 대목은 책 읽기를 시작하고 얼마 지나지 않아 나왔다. 대학교 교정에서 넘어지려고 하는 한나를 붙잡아주면서 미카엘이 한 말이었다. 그것이 이 책의 주인공, 한나와 미카엘의 첫 만남이었다.

나의 사랑스러운
연애소설

첫 만남 이후 자연스럽게 연애하고, 결혼하고, 아이를 낳아 기르는, 한나의 시선으로 써 내려간 미카엘이라는 남자의 전반적인 이야기가 이 소설의 내용이다. 큰 갈등도 큰 재미도 없이, 소설이라고 하기엔 극적인 요소 따위 없이 긴 분량의 이야기가 이어진다. 아모스 오즈의 소설은 대부분 이렇다. 이스라엘에서 사는 평범한 사람의 이야기. 길고 지루한 이야기일 수 있지만, 작가의 세계관을 좀 더 알게 되면 마냥 지루하지는 않다. 정적인 문장 속에 살짝 몸을 가리고 있는 뼈 있는 단어를 찾아내는 재미가 있기 때문이다.

그는 세상으로부터 핍박받은 유대인을 온전히 이해하는 유대인이었지만, 복수로 핍박을 대물림하는 이스라엘의 이중성을 꼬집는 유대인이었다. 『나의 미카엘』의 주인공인 한나와 미카엘이 이스라엘과 팔레스타인을 비유한다는 해석도 있다. 팔레스타인과의 평화를 외치는 소설가는 자신의 나라에서 존경과 미움을 함께 받았다.

그럼에도 불구하고 나는 이 묵직한 소설을 감히 '연애소설'로 소개하고 싶다. 이 소설을 읽으며 설렜고, 소설 속 주인공인 미카엘은 이상형에 가까웠기 때문이다. 『나의 미카엘』을 한 줄로 요약하라면, 나는 이렇게 쓰고 싶다. '히브리 문학을 전공한 감상적인 여자와 지질학을 전공한 논리적인 남자의 사랑 이야기'라고.

　이 논리적인 남자는 스스로에겐 감성이 1도 없지만, 자신과 다른 감정을 소유한 사람을 온화한 눈빛으로 바라볼 줄 안다. 여자가 중심이 흐트러져 넘어지려고 할 때, 뭉툭한 손으로 팔꿈치를 붙잡아주며 '발목'이란 단어를 좋아한다고 웃으며 말해준다. 유머 감각은 없지만, 누군가를 위해 노력할 줄 알고, 자신을 의지하는 눈빛에 안도한다. 상대방의 감정에 인내심을 가지며, 너무 빨리 철이 든 아들과 깊고 맑은 대화를 나누는, 그 한 남자가 바로 미카엘이었다. 그래서 나는 누군가 연애소설을 추천해달라고 하면 『나의 미카엘』이 가장 먼저 떠올랐다.

　30대 중반으로 접어들면서도 이렇다 할 연애를 하지 않던 시절에도, 출중한 외모의 소유자나 개성 있고 독특한 사람에게 단번에 끌리던 시절에도, 나는 막연하게 '미카엘'과 같은 사람을 기다렸던 것 같다. 아무도 눈독 들이지 않는 평범한, 그러나 반짝이는 보석을 품은 그런 사람을.

불꽃이 아니라
돌처럼 다가온 사람

처음 그와 서울에서 만나 데이트를 하던 날이 떠오른다. 산티아고 길 끝에서 만났지만, 그는 곧장 한국으로 돌아가야 했고, 또 멀리 부산에 거주했다. 스페인에서 처음 만나고 한두 달 뒤에야 약속을 잡고 서울에서 해후했다. 그날 우리는 카미노의 추억을 되새기며 오래 걸었고, 해 질 무렵엔 낙산공원에 올라갔다.

　우리가 오른 낙산공원 한복판에서 한 남자의 프러포즈가 진행되고 있었다. 촛불 길에 미니오케스트라까지 준비되어 있었고, 대형 스크린엔 남자가 만든 영상이 흐르고 있었다. 공원을 오가던 사람들은 자연스럽게 프러포즈의 현장으로 몰려들었다. 우리도 멀찍이 떨어진 벤

치에 앉아 잠시 구경했다.

"너도 저렇게 프러포즈 받으면 좋을 것 같아?"

"아니! 내 남자가 저렇게 프러포즈하면 헤어질 거야. 저런 공개적인 이벤트는 부끄러워."

그때였다. 마른하늘에 날벼락이라고, 좀 전만 해도 무척 화창했는데 갑자기 바람이 불더니 비가 쏟아졌다. 촛불은 꺼졌고, 연주자들은 바이올린이며 첼로며 악기들이 모두 젖는 바람에 당황했다. 구경하던 사람들도 전부 어디론가 뛰어가버렸다. 이제 막 여자의 눈에서 감동의 눈물방울이 떨어질 찰나였는데, 남자가 우산은 미처 준비하지 못한 모양이었다. 온종일 비가 내리지 않은 날이어서 모인 사람 중에 우산을 챙겨 온 사람은 아무도 없는 듯했다.

그런데 딱 한 명, 우산을 가져온 이가 있었으니 그 이름은 바로 문경록. 그가 가방에서 우산을 꺼내 촤악 펼치더니 내게 씌워주었다. "오늘 서울에 비 온다고 했거든" 하고 말하는 경상도 억양의 말투가 그토록 감미롭게 들릴 줄이야. 부산에서부터 서울의 일기예보를 검색해보고 우산을 챙겨 온 것이었다. 눈앞에서는 어떤 이의 프러포즈가 망해가고 있는데, 나는 이 우산 하나로 세상을 다 가진 기분이 들었다. 차가 없으면 어때, 집이 없으면 어때, 남들 다 비 맞을 때 나는 안 맞게 해주는데.

그 이름도 유명한 문경록은 내 남편이다. 나는 첫 데이트를 한 날 이미, 자연스럽게 『나의 미카엘』의 한나처럼 이 사람과의 결혼을 꿈꿨던 것 같다. 그는 불꽃이 튀고 현기증이 나고 심장이 쿵쾅거리는 느낌이 아니라, 단단한 신뢰와 안정감으로 찾아온 남자였다.

매일
이상형일 순 없다

그러나 정작 소설 속 화자인 한나는 아이를 낳은 뒤부터는 종종 이 단단한 믿음을 지겨워한다. 변함없이 성실하고 자상한 남편이 좋아서 심지어 책 제목을 『나의 미카엘』이라 명명하였음에도 불구하고, 자주 현실을 부정하고 우울의 나락으로 빠져든다. 미카엘은 매사에 까탈스럽고 예민하게 구는 아내를 그저 묵묵히 지켜보기만 한다. 그 모습은 신뢰감을 주면서도 한편으론 무기력해 보인다. 한나는 미카엘의 무기력한 기운에 더 큰 절망을 느낀다. 한 번쯤은 그가 이성을 잃거나 자제력이 무너지는 모습을 봤으면 좋겠다는 생각도 한다.

아모스 오즈는 남자인데, 소설 속 화자는 여자다. 어떻게 여자의 마음을 이렇게 잘 표현했을까. 심하게 신경질적으로 그려진 한나가 싫으면서도, 내가 그 모습과 완전히 다르다고 부정할 수도 없었다.

나 역시도 아이를 낳고, 하루도 쉬지 않고 굴려야 하는 쳇바퀴 삶에 정신이 아득해질 때가 있다. 혼자일 때는 귀찮고 성가시면 하루쯤 안 씻어도, 하루쯤 회사를 안 나가도, 한 번쯤 회사를 때려치워도 괜찮았지만, 육아는 한 번쯤 때려치울 수가 없다. 씻기고 먹이고 재우는 일을 아이가 태어나 지금까지 단 한 번도 쉰 적이 없다. 아프거나 바빠도 일상의 쳇바퀴를 계속 굴려야 한다. 그런 삶이 지겹다 못해 괴로울 때, 소설 속 한나처럼 나도 남편을 미워할 수밖에 없다. '내 삶을 송두리째 흔들어놓고, 저는 언제나 견고하게 단단하게 변함없이 서 있다니!' 하면서 말이다.

『나의 미카엘』은 결국 한나가 미카엘에게 결별을 선언하며 끝이 난다. 이렇게 지루하고 심지어 가정파탄으로 끝나는 책을 연애소설이라면서 추천하다니, 욕먹을 짓을 자처한 것인지도 모르겠다. 더러는, 책 속 주인공인 한나를 '꿈'에 미카엘을 '현실'에 비유한다. 꿈은 달콤하지만, 처한 상황에 따라 때론 잔인해지기도 두려워지기도 한다. 무력한 현실 앞에 한나처럼 사사건건 달려들고 까칠하게 구는 이상은 삶을 무너뜨릴 수밖에 없다.

　소설은, 꿈과 현실은 서로 조율하며 섞이는 것임을 한나와 미카엘의 관계를 통해 말하려는 것 같았다. 한나와 미카엘은 내 안에도 공존하고, 우리 부부 가운데도 존재한다. 우리는 지금 6년째 『나의 미카엘』의 후속편을 쓰는 중이다. 결말은 그 누구도 알 수 없다. 그저 매 순간 현실과 이상이 부딪치는 광경을 보며 때론 싸워가며, 때론 토닥이며 시간을 보낼 뿐이다.

　한나와 미카엘도, 어쩌면 작가가 그 주인공 안에 살며

시 숨겨놓은 이스라엘과 팔레스타인도, 꿈과 현실도, 모든 인간관계도, 한쪽은 끊임없이 요구만 하고 한쪽은 끊임없이 방어만 하다가는 파멸의 길로 접어든다. 나와 문경록도 그러지 않으리란 법이 없다. 평화를 유지하기 위해, 이상형이 꾸준히 이상형으로 남을 수 있도록 오늘도 우리는 서로에게 최선을 다한다.

———————————————, ———°

~~~~~~~~~~~~~~~~~~~~~~~~~~~~, ~~~~~~~~~~~~~~~~~~~~
PART 4.

————————, ————?

이토록
작지만,

우리를
구원하는
것들

인정하고 기다리고 응원하는
세상을 꿈꾸며

〜〜〜〜〜〜.

『어린이라는 세계』,
김소영

─────────────.

어린이한테 배우는 사람들

육아하면서 자연스럽게 아이의 관심사에 따라 내 취향
도 바뀌는 경험을 한다. 정말이지 기적과도 같은 일이다.
나는 불과 1~2년 전까지만 해도 심각한 '벌레 포비아'
가 있었다. 자취할 땐 현관 앞에 버티고 있던 곱등이 때
문에 며칠 친구네 집에서 묵었고, 그런 내가 스스로 생각
해도 이상해서 심리센터에서 상담도 받았다. 결혼 후에

는 안방에 나타난 거미 때문에 남편이 30분 일찍 퇴근한 적도 있다.

그런데 여섯 살 아이의 진득한 곤충 사랑이 내 공포심을 완화시켰다. 처음엔 만지는 것만 봐도 기겁했는데, 도무지 말릴 수 없을 만큼 관심을 보이니 자포자기 심정이 되었다가, 이후엔 나도 같이 도감을 찾으며 이름을 알려주는 경지에까지 이르렀다. 관심사가 생기면 당연히 지적 욕구가 샘솟고 덩달아 그 욕구를 채워주다 보니 어느 순간 공포심이 사라진 것이다. 세상엔 100만 종 이상의 곤충이 있다는데, 그 모든 곤충을 오로지 '벌레'로만 통칭하던 내가 이렇게 변해버렸다. 지금도 만지거나 자세히 쳐다보는 일은 어렵지만, 현재 이 글을 쓰고 있는 순간에도 집 안에는 장구애비와 홍단딱정벌레 등 최소 5종의 곤충이 함께 산다. 나에겐 실로 엄청난 변화다.

관심사가 인간 외 모든 생물일 정도로, 여러 동물을 좋아하는 아이는 책 읽기도 편식하는 편이다. 읽고 싶은 책을 골라 오라고 하면 언제나 자연관찰책 아니면 도감을 책장에서 빼내 온다. 그런데 읽다 보면 "오, 그렇구나" 하는 감탄사를 내가 먼저 내지르게 된다. 예를 들면 코알라는 평생 유칼립투스 잎만 먹고 살고, 젖 뗀 새끼에겐 자기 똥을 이유식처럼 먹인다든가, 여왕개미는 단 한 번의 짝짓기로 평생 알만 낳다가 죽는다든가, 연어는 태어났을 때 맡은 그 냄새를 기억하고 알을 낳으러 자기가 태어난 강가로 돌아온다든가…… 하는 사실들 말이다.

아이가 배울 때
나도 배운다

아들이 잠든 뒤에도 도리어 내가 흥미를 느껴 자연관찰 책을 뒤적이며, 나이 마흔에 새로운 지식을 접한다. 그러면서 문득, 아들이 자랄 때마다 새롭게 배우는 것을 나도 같이 익히면 좋겠단 생각을 했다. 영어를 배우면 나도 같이 배우고, 수학을 배우면 나도 새로 시작해보는 것이다. 그러면 나도 제법 똑똑해질 것 같았다.

어느 날 저녁 식사 시간에 이 깨달음을 남편에게 전해주었다. "선우가 태권도 배울 때 나도 같이 배울까 봐. 태권도 학원에 성인반 있지 않을까?" 했더니 남편이 밥을 먹다 말고 대답했다.

"그거 생각보다 어려워. 나 어릴 적 태권도 학원 다닐 때 그런 아저씨가 있었어. 그땐 아저씨처럼 보였지만, 아마도 대학생이었을 거야. 어린 우리는 다리가 쫙쫙 찢어지는데, 그 아저씬 그러질 못하더라고. 오늘은 그 아저씨가 다리를 얼마나 찢는지 구경하는 게 우리의 가장 큰 관심사였어. 너, 꼬맹이들한테 구경거리 되는 거 감당할 수 있어?"

남편의 대답을 듣는데, 최근에 재미있게 읽었던 김소영의 『어린이라는 세계』의 한 부분이 생각나서 웃음이 터졌다.

내겐 최고의
자녀교육서

김소영 작가는 '김소영의 독서교실'을 운영하는 독서지도사이다. 『어린이라는 세계』는 독서교실을 다니는 아이들과 있었던 경험들을 엮어놓은 책인데, 그중 이런 내용이 있다. 저자는 아이들을 가르치며 새로운 취미생활로 피아노를 배운다. 40대에 갖게 된 취미생활은 삶의 활력을 불어넣어주었고, 피아노를 배우는 즐거움에 너무나 행복했지만, 은근히 신경 쓰이는 것이 있었다. 바로 같이 학원을 다니는 아이들의 시선이었다.

　저학년 아이들은 저보다 더 쉬운 악보를 겨우겨우 소화해내는 '다 큰 어른'이 신기하고 놀라운지 오히려 점잖은 선배인 척했고, 고학년 아이들은 이 신입생을 무언의 행동으로 압박하고 관찰했다.

　이를테면 저자가 피아노 레슨을 받을 때면, 이미 레슨이 끝난 아이들도 집에 가지 않고 노는 척하며 저자를 지켜보는 것이다. 옆의 친구와 놀다가도 그녀가 제일 어려워하는 부분을 연주할 때가 되면 삽시간에 조용해진다. 너무 긴장한 나머지 연주를 멈추면 떠들고, 다시 연주가 시작되면 조용해진다. 선생님이 집에 가라고 해도 이 핑계 저 핑계를 대며 저자의 피아노 연주를 듣고, 심지어 그 연주를 흥얼거리기까지 하는 아이들 때문에 저자는 "울분에 악보가 제대로 보이지 않았"단다. 그 부분을 읽으면서 키득댔는데, 비슷한 경험을 ― 물론 아이의 입장으로 — 남편이 가지고 있다니, 새삼 신기했다.

『어린이라는 세계』는 이렇게 앙증맞은 웃음부터 코끝 찡하게 만드는 감동까지 선물해주는 정말이지 좋은 책이었다. 차례 페이지를 넘길 때부터 읽기를 끝낼 때까지 '울컥 병'은 몇 번이나 찾아왔다. 책 속에 등장하는 아이들도 예쁘지만, 그 예쁜 구석을 찾아내 알려주고 어루만지고 다독이는 선생님의 마음씨가 고맙고 또 닮고 싶었다. 아이들을 관찰하는 세심한 시선도, 약한 존재를 배려하는 행동도, 공정하지 못한 세상에서 상처받을 동심을 걱정하는 마음도 내게는 소중했다. 육아서는 아니지만, 그 어떤 육아서와도 비교할 수 없었다. 그 어떤 대목에서도 가르치고자 하는 태도를 찾아볼 수 없지만, 읽는 동안 자주 나의 모난 점을 돌아보게 했다.

다양성을
인정해주세요

한 출판사 대표님이 언젠가 이런 이야길 한 적이 있다. 출판사를 운영하며 이곳저곳에서 투고원고를 받는데, 그 중 가장 많은 분야의 원고는 육아서 및 자녀교육서란다. 하지만 대표님은 자녀교육과 관련된 원고는 대부분 반려한다고 했다. "부모의 불안한 심리를 부추기는 데 일조한다는 생각이 들기 때문"이다. 나 역시도 그 말에 공감한다. 처음 해보는 육아 앞에 엄마는 작아질 수밖에 없다. 누구나 '현명한' 부모가 되어 '금쪽' 같은 아이를 키우고 싶기 때문이다. 그래서 전문가의 '솔루션'을 쫓아가게 마련이다.

하지만 솔루션이 모든 아이에게 적용되긴 힘들다. 아이들은 정말로 다양하기 때문이다. 텔레비전의 편집된 방송에서는 완벽히 해결된 것처럼 보이는 아이의 문제가 내 아이에게 적용했을 때는 해결되지 않는 걸 나는 몸소 경험했다. 그럴 땐 전문가를 미워하기보단 『어린이라는 세계』를 읽으며 마음을 정화한다.

책을 읽다 보면, 내 아이가 어른한테 인사하지 않아서 버릇없는 아이로 보일까 봐 두려운 마음도, 여섯 살이 된 지금도 응가만큼은 꼭 기저귀에 해서 걱정인 마음도, 친구랑 어울리기보다 곤충 따라다니기 바빠 사회성이 부족한 게 아닌가 조바심 드는 마음도, 별로 대수롭지 않아진다. 대신 '좀 천천히 자라도 괜찮구나! 속도를 인정해주자' '내 아이도 이렇게 행복한 마음을 가졌으면 좋겠다' '이렇게 어린 나이에도 위로받는 느낌을 아는구나! 더 많이 격려해야겠다' 등 좋은 바람만 갖게 된다.

다양한 아이를 만나며, 단점을 캐내기보다 그 아이가 가진 숨은 보석을 발견해주는 선생님이 있다는 건, 정말이지 귀한 일이다. 세상에 이런 선생님이 있다는 것에 안도하게 되고, 아이의 일곱 살, 열 살, 열두 살을 기대하게 만든다.

이어져 있는
어린이와 어른이라는 세계

"어린이를 만드는 건 어린이 자신이다. 그리고 '자신' 안에는 즐거운 추억과 성취뿐 아니라 상처와 흉터도 들어간다. 장점뿐 아니라 단점도 어린이의 것이다. 남과 다른 점뿐 아니라 남과 비슷한 점도,

심지어 남과 똑같은 점도 어린이 고유의 것이다.”

아이들의 세상엔 ‘성취감’만 있는 것이 아니라 상처와 흉터도 포함된다는 말이 인상 깊다. ‘네가 상처받지 않았으면 하는 마음’으로 어른은 얼마나 어린이의 세계를 간섭하는지. 자신이 살아온 길을 토대로 자꾸만 어린이를 앞질러 손을 끌고 등을 떠민다. 어른의 역할은 뒤에서 지켜보는 것임을 잘 알면서도 조급한 마음이 아이들의 세계를 자꾸 망쳐놓는다. ‘어린이라는 세계’는 결국 어린이들이 만들어갈 것이다. 쉽지 않지만, 그 세계를 지키는 데 필요한 어른의 역할은 어린이가 어린이답게 자라도록 기다려주고 응원하고 격려하는 것뿐이다.

김소영 저자는 아이들을 대하며, 원칙을 세웠다. “어린이에게 하는 말은 나에게도 하고, 어린이에게 하지 말아야 할 말은 스스로에게도 하지 않는다.” 그래서 그녀는 잘한 일에는 아이에게 하듯 자신을 칭찬하고, 실패한 일에는 괜찮다고, 남과 비교하지 말라며 스스로를 다독인다. 자신의 세계를 인정받고 더없는 신뢰를 받으며 자란 아이는 훌륭한 어른의 세계를 만들 것이고, 그 훌륭한 방법으로 또 다른 어린이라는 세계의 후원자가 될 것이다. 결국 모든 세계는 연결되어 있다.

인정하고 기다리고 응원하는 일, 인생의 정답은 이토록 단순하다. 알고 있으면서도 실행하기 너무나 어려운 일, 그래서 우리는 매번 저 단순한 정답을 회피하기 위해, 혹은 더 새로운 방법이 없을까 싶어 온갖 육아서와 정보서를 기웃거렸는지도 모르겠다.

선우와 함께 태권도 학원을 다니겠다는 다짐은 하루 만에 끝났다. 내가 딛고 넘어서야 할 일이 한두 개가 아니었다. 아무리 찢어도 90도 이상 벌어지지 않는 다리는 두말할 것도 없거니와, 요즘 웬만한 저학년도 내 키를 훌쩍 넘는데 아이들이 "어른이 왜 저렇게 작아" 하며 키득거린다면, 나 역시도 울분이 넘쳐 태권도 사범님의 시범이 보이지 않을 것 같다.

어제도, 오늘도, 내일도……

그렇게 삶은 기적이 된다

~~~~~,~~~~~.
『나무를 심은 사람』,
장 지오노.

————————.
무너진 공든 탑을
다시 쌓아 올리는 사람들

세계에서 가장 큰 숲, 아마존이 최근 빈번한 화재로 파괴되고 있다. 지난 5월엔 14년 동안 가장 큰 화재가 발생하면서, 파괴 면적도 최대치를 기록했다고 한다. 그달에만 2,500건이 넘는 불이 났다. 어처구니없는 건, 발생한 화재의 대부분이 금광과 농경지, 목초지를 확보하기 위해 일부러 발생시켰다는 것이다. 도대체 인간은 자연에 얼마나 더 잔인해져야 직성이 풀릴까. 오죽하면 코로나바이러스가 지구의 입장에선 백신이나 다름없다는 이야기가 나올까. 지금 이 순간에도 울창한 숲이 되레 황무지로 변하고 있다고 생각하면, 이보다 더 공포스러운 일이 또 있을까 싶다.

그들로 인해 세상엔
아직 기적이 존재한다

인간이 제 욕심으로 숲을 황폐하게 만든다는 소식을 접할 때마다 역설적으로 떠오르는 사람이 있다.『나무를 심은 사람』의 주인공 엘제아르 부피에. 이미 수많은 독자들에게 깊은 감명을 준 책이라 따로 설명이 필요하지 않을지도 모르지만, 그럼에도 또 할 수만 있다면 이 책 전체를 토씨 하나 빼먹지 않고 그대로 옮겨 적어 알리고 싶은 마음이 가득하다.

　장 지오노는 자신이 실제로 겪은 일을 바탕으로『나무를 심은 사람』을 썼다. 37년간 쉬지 않고 나무를 심었던 부피에의 마음을 더 절실하게 담아내고 싶었을까? 50페이지도 채 되지 않은 짧은 소설을 무려 20년 동안 퇴고했다. 마치 부피에가 매일 저녁 가장 온전한 도토리 열매 100개를 고르고 골라 잘 보관해둔 채 잠이 들었다가, 다음 날 아침이면 그 도토리를 정성껏 땅에 심은 일을 글로 대변하듯 말이다.

지은이는 여러 해마다 한 번꼴로 부피에를 찾아간다. 그 사이에는 크고 작은 일이 있었다. 세계대전이 일어나기도 했고, 심지어 지금처럼 전쟁에 필요한 연료를 얻기 위해 부피에가 수년 전 심었던 나무를 마구 베기도 했다. 하지만 부피에는 오직 나무를 심는 것만이 자신의 일이라는 듯, 벌목의 현장에서 30킬로미터 떨어진 곳에 묵묵히 나무를 심을 뿐이었다. 저자는 그런 부피에를 볼 때마다 기적을 본다. 저 한 사람이 무슨 일을 할 수 있을까 싶었지만, 5년에 한 번 10년에 한 번 찾아갈 때마다 그 전에 본 나무들은 키가 훌쩍 자라 숲을 이루었고, 부피에는 여전히 같은 모습으로 나무를 심고 있었기 때문이다. 지은이는 책에서 이런 말을 한다.

"나는 파괴적인 일뿐만 아니라 창조적인 일에도
인간이 하느님과 같은 능력을 발휘할 수 있다는
사실을 깨닫게 되었다."

파괴는 쉽지만, 창조는 어렵다. 그래서 무너진 공든
탑을 다시 쌓아 올리는 일은 그저 괴로운 일 같아 보였
다. 하지만 생각해보면 세상엔 부피에 같은 사람이 곳곳
에 있다. 그들은 매번 무너진 공든 탑을 다시 쌓아 올린
다. 아마존에 불을 지르고, 제주의 숲길을 망가뜨려도 그
들은 분노도 아깝다는 듯 돌아보지 않는다. 그냥 원래 하
던 일만을 할 뿐이다. 이들로 인해 세상엔 아직도 기적이
라는 것이 존재한다.

잘린 나무로
오두막을 지은 사람

정보람은 제주에서 목화를 키우는 청년 농부이자 패션
디자이너다. 그 전엔 오랫동안 옷 만드는 일을 했다. 여

러 사람을 만나다 보면 공통점을 하나 발견하게 되는데, 무언가를 좋아하면 결국 좋아하는 일의 근원을 파게 된다는 것이다. 정보람도 그중 하나였다. 옷에 대한 관심은 자연스럽게 '원소재'로 흘러갔고, 결국 그 원소재를 직접 재배하게 되었다. 자신이 키운 목화솜으로 실을 짜 옷을 만들어보고 싶은 열망에 빠졌다.

인터뷰차 애월 끝자락에 있는 그의 밭에 간 적이 있다. 맨 먼저 눈길을 사로잡은 건 정보람이 직접 지었다는 오두막이었다. 나무의 결 그대로 세워 지은 오두막 꼭대기에 올라가면 저 멀리 비양도와 금오름이 훤히 보였다. 그 위에서 보는 일몰은 이루 말할 수 없이 아름다웠다. 뉴질랜드의 거대한 숲에나 들어가야 볼 수 있을 것처럼 생긴 오두막의 외형도 훌륭했지만, 오두막에 얽힌 이야기는 기가 막힐 정도였다.

"비자림로 확장 공사가 한창 진행될 때였어요. 베어진 나무들을 어쩌려나 싶어서 공사 현장을 찾아가 물어봤어요. 입찰해서 개인이 소유하게 된다더라고요. 그래서 수소문 끝에 소유권자를 찾아갔죠. 소유권자는 나무를 톱밥으로 만들 거라고 했어요. 저는 여러 번 더 찾아가서 나무를 저에게 팔라고 설득해 어렵사리 얻었어요. 버려진 나무, 그 모습 그대로를 세워 이 오두막을 만든 거예요. 베어진 나무가 지금 이곳에 살아 숨 쉬고 있어요."

정보람은 스스로 환경운동가도 아니며, 현장에 가서 공사를 막을 용기도 없다고 했다. 하지만 베어진 나무로 오두막을 지어 사라진 숲을 곁에다 두는 것은 할 수 있었다. 그의 오두막은 이미 특별하고 아름다웠는데, 잘려 나간 비자림로 나무로 지었다는 이야기가 입혀지니 '도무지 잊을 수 없는 오두막'이 되고 말았다. 언제가 될지 모르겠지만(3년째 목화밭에서 여러 실험을 하고 있는데, 목화를 수확하는 것조차 쉽지 않다고 들었다) 그가 만들 옷도 그렇지 않을까? 도무지 잊을 수 없는 브랜드가 탄생할지도 모른다.

고작 지연시킬
뿐이더라도

서쪽에 사는 내가 동쪽으로 이동할 때면 어김없이 이용

하는 길이 비자림로이다. 길이 좁고 구불구불해 도착지에 다다르는 시간은 훨씬 더 걸리지만, 하늘 위로 높게 뻗은 삼나무 숲 사이로 비치는 햇살을 받고 있노라면, 부디 이 길이 끝나지 않기를 빌게 된다.

하지만 지금 그 길의 끝은 공사의 흔적으로 처참한 풍경이 되었다. 또 공사를 반대하는 현수막과 진행을 촉구하는 현수막이 서로 경쟁하고 있어서, 지나치기만 해도 모든 걸 잊게 만들던 그 길은 현재는 내 마음을 어지럽게 만든다. 자연의 생명력은 또 얼마나 대단한지, 공사가 멈춘 벌목의 현장엔 드문드문 다시 새순을 피우는 아기 나무들이 보였다. 공사는 주민과 환경단체의 반발로 1년 넘게 지연되었는데 곧 재개할 예정이다.

자연을 사랑하는 사람과 돈을 사랑하는 사람이 지구에 함께 산다. 가까운 지인과도 제2공항과 삼나무 숲 개발에 대해선 이견이 있다. 그럴 때마다 나의 가치관은 흔들리고, 무엇이 옳은지 다시 한번 생각하게 된다. 내가 옳다고 믿는 가치관은 주로 지는 쪽이다. 숲을 지키는 것은 옳다. 옳다고 믿는 사람들이 노력하지만 지키진 못하고 파괴를 겨우 '지연'시킬 뿐이다. 어차피 벌목되고 파

괴되는데, 이런 애씀이 다 무슨 소용일까, 회의감이 들기
도 한다.

그래서 마음을 바꾸었다. 멈추지 못한다면 조금
이라도 지연되는 일에 애를 쓰는 것으로. 강정마
을에 해군 기지가 생겼을 때, 평화운동을 하는 이
들이 그랬다. 이들은 기지를 세우기 위해 공사하
러 들어오는 트럭을 겹겹이 막아 세웠다. 몸으
로 드러누운 게 아니라, 자기네 집에서 조금씩
가져온 집기들을 공사장 앞에 쌓아놓았다가, 트
럭이 오면 그걸 천천히 치우는 방식이었다. 공사
는 시작되었고, 중단될 리는 없었다. 그들의 방
식은 무모하고 어리석어 보일지라도 끝끝내 이
공사를 반대하겠다는 운동가들의 마음은 잘 전
달되었다.
현수막을 걸고, 피켓을 드는 일은 내 몸에 맞지
않는 옷을 입은 것처럼 어색하다. 그렇다면 내가
할 수 있는, 가장 나답게 행동할 수 있는 일이 뭘

까? 정보람의 오두막과 같은 일, 내겐 '글쓰기'였다. 부피에처럼 오늘도 내일도 모레도 꾸준히 글을 쓰는 것이다. 기적은 내 시간에 찾아오지 않을지도 모른다. 하지만 그냥 묵묵히 나의 일에 충실하면, 내 다음 세대가, 아니면 다음다음 세대가 기적을 볼 수도 있다. 그런 희망을 걸고, 누군가 부서뜨린 것을 다시 세우며, 흔적도 남지 않는 일을 해나가고 싶다.

『문어의 영혼』,
사이 몽고메리

좋아하는 마음으로
사는 사람들

이젠 좀 시들해졌지만, 아들이 꽤 오랫동안 사랑했던 동
물이 있다. 바로 문어라는 연체동물이다. 세 돌쯤 되었을
때 사 준 자연관찰 책에서 문어를 만나고 나서부터 완전
히 빠져버렸다. 매일 여러 번씩 그 책만 읽었고, 이후엔
도서관에서 문어에 관한 책을 섭렵했으며, 그림도 문어
를 가장 먼저 그렸고, 현재 쓸 줄 아는 글자도 '문어'밖에

없다. 아쿠아리움엔 오직 문어를 보기 위해 갔고, 한동안은 수산시장에서 비싼 문어 대신 산, 낙지를 장난감처럼 가지고 놀았다. 얼마 전 아카데미 시상식에서 장편 다큐멘터리상을 받은 「나의 문어 선생님」도 입소문 타기 전부터 몇 번을 봤다. 문어 사랑은 곤충 사랑으로 변하기 전까지 1년 반 가까이 계속됐다.

볼매 덩어리,
문어

그토록 좋아하니 쉽게 막을 수 없었다. 요즘 한숨 쉬면서도 채집통을 들고 같이 벌레를 잡으러 쫓아다니는 것처럼, 그때는 울며 겨자 먹기로 낙지를 가지고 노는 선우를 지켜봐야 했다. 문어에만 빠져 있는 아들이 걱정되어서 다른 곳에 관심을 돌리려 애쓰다가도, 어느새 문어에 관련된 책만 잔뜩 빌려놓거나 사두었다. 정신을 차려보니 손에 들려 있던 『문어의 영혼』도 그렇게 도서관에서 빌려 온 책이다. 내가 살다 살다, 문어의 영혼까지 후벼 파게 될 줄이야! 헛웃음이 나왔지만, 결론적으로 이 책은 아들의 미친 덕질을 온전히 이해하도록 도와주었다. 열정적 동물생태학자 사이 몽고메리가 쓴『문어의 영혼』을 비롯해 문어에 관한 수많은 책을 읽으면서 나는 오히려, '왜 사는 동안 이렇게 매력적인 동물에 전혀 관심이 없었을까' 의문을 가지게 되었다.

문어는 짝짓기하는 짧은 시간을 제외하고, 태어나 죽을 때까지 홀로 사는 동물이다. 어미는 생애 단 한 번 알을 낳고 새끼가 태어나기 전에 죽기 때문에, 갓 태어난 문어는 세상에 대해 아는 바가 없이 사는 동안 모든 것을 스스로 터득한다. 배운 바 하나 없지만, 영리한 머리 덕에 짧은 생을 제대로 살다 간다. 기껏해야 3∼4년 살면서 '지루함'을 견디려고 다른 물고기에 장난과 수작을 걸기도 한다. 아마 더 오래 살았더라면 지구를 정복하는 것은 인간이 아니라 문어일 것이라는 학설이 있을 정도로 지능이 매우 높다. 영화 속에서 문어 형상을 한 외계인이 많은 것도 그 때문이다.

생김새는 또 어찌나 묘한지, 수만 가지 색깔을 내며 마법을 부리고, 문어를 발라낼 뼈 없이 통째로 먹는 요리

그 자체라고 생각하는 천적은 또 어찌나 많은지, 온갖 위험요소들이 도사리는 가운데서도 같이 공격하기보단 마술사처럼 먹물을 뿜고 도망가는 평화로운 방법을 택하는 동물이다. 세상에 이렇게 멋진 동물이 있다니! 세상 모든 사람이 문어의 매력을 알아봤으면 좋겠단 마음이 들면서 심지어 우리 아들이 고작 세 돌에 문어를 알아보고 푹 빠진 것이 자랑스럽게 느껴질 정도였다.

무언가를 뜨겁게 사랑하던
시절

아이들은 몇 마디만 들어도 문어에 매료될 것이다. 다리는 여덟 개, 심장은 세 개, 찌르면 푸른 피가 나오고, 시커먼 먹물을 쏟으며 사라지는 동물. 심지어 노르웨이 앞바다에는 크라켄이라는 제주도만 한 문어 괴물이 살고 있어서, 뱃사람들이 섬인 줄 알고 정착했다가 목숨을 잃었다는 전설도 전해온다. 문어는 현실 세계에서 직접 볼 수 있는 가장 외계인 같고 괴물 같은 존재가 아닐까? 문어를 바라보는 아들의 눈빛은 마치 손목에서 거미줄을 뽑아내는 스파이더맨을 영접할 때처럼 반짝인다.

> "난 늘 괴물을 사랑했다. 어릴 때부터 고질라나 킹콩을 응원했지, 이 괴물을 죽이려는 사람을 응원한 적이 없었다. 괴물이 우리를 성가시게 하는 데에는 이유가 있어 보인다. 고질라가 괴팍한 건 하나도 이상해 보이지 않았다. 입장을 바꿔놓고 본다면 괴물이 저지른 일은 하나같이 마땅했다."

문어를 너무나 사랑한 나머지 직접 키우기도 한 사이 몽고메리는『문어의 영혼』에서 특유의 열정적인 문체로 이런 글을 썼다. 사람보다 괴물의 편인 저자는 유년에 가졌던 마음을 그대로 품고 자라 성인이 되었다. 문어를 발견한 기쁨과 희열이 차고 넘치는 이 책은 읽는 내내 뿜어져 나오는 과도한 열정이 종종 부담스럽기도 했지만, 아들의 열정을 이해하는 데는 큰 도움이 됐다.

저자의 열정은 그저 자기를 매료시킨 문어를 뜨겁게 사랑하는 것이지, 이상한 일은 아니다. 내 아들도 저자와 같은 마음이다. 문어가 자기 이름보다 먼저 쓰고 싶을 정도로 사랑하는 대상인 것이다. 그런 열정은 주로 아이에게서 자주 볼 수 있다. 세 살 하준이는 이제 막 말문이 트여 엄마, 아빠 정도만 말할 줄 알 정도로 어린데도 안 되는 발음으로 공룡의 이름을 달달 외운다. 선우의 유치원 친구 재인이는 라이트닝 맥퀸(픽사 영화「카」에 나오는 자동차 주인공)을 목숨처럼 사랑한다. 태어나 지금까지 「카」만 수백 번을 봤단다.

우리를 살게
하는 힘

기억나지 않을 뿐, 어린 박진희에게도 그렇게 간절하게 몰입하던 대상이 있었을 것이다. 그렇다면, 이토록 뜨거운 마음은 유년 시절에만 가능한 것일까? 음…… 결론부터 말하자면, 그건 아닌 것 같다. 이 책의 저자 사이 몽고메리만 봐도 그렇다. 그녀는 문어와 교감을 나누는 유쾌한 할머니다. 실제로 저자를 본 적은 없지만, 책에서 곧 튀어나올 것 같은 열정의 문체는 지금 이 할머니가 얼마나 아이 같은 눈망울로 문어를 쳐다보는지 상상하게 만든다. 최근에 출간된 아모스 오즈의 『유다』에는 '앎'을 사랑하는 할아버지가 나온다. 지적 욕구를 분출하고 싶은 마음에 늘 어디론가 전화해 자신의 지식을 쏟아붓고, 끊임없이 지적 자극이 되는 무언가를 찾는다. 결국은 숙식 제공에 얼마간의 월급까지 주며, 하루에 몇 시간씩 자신의 지적 이야기를 들어주고 공감할 아르바이트생을 구한다.

영화에선 어른이 된 뒤에도 반짝이는 눈빛으로 무언가를 탐구하는 이들을 종종 '괴팍한 노교수'로 등장시킨다. 그런 이들은 사회성이 떨어진다. 사회성의 결여는 어른이 된 우리를 두렵게 만든다. 이 나이에도 무언가를 어린애처럼 좋아하면 내게 문제가 있다고 '남이' 생각할지도 모른다고 여기는 것이다. 어른이 되면 뭐든 적당히 해야 한다는 '사회적 통념'을 믿는다. 그래서 서서히 무언가에 빠져드는 것을 지양하며 살아가게 된다. 적당히 드러내고, 적당히 숨기면서 말이다.

또 다른 면으로는 내성이 생긴 것일 수도 있다. 아무리 좋아해도 끝이 있고, 곧 시들해지는 것을 수없이 경험했으니까. 그래서 어린 시절처럼 발을 동동 구르며 기뻐할 모양새는 나오지 않는 것일지도 모르겠다.

나이 마흔에 무언가를 정신없이 사랑하게 되면서, 사실 그 '좋아하는 마음'이 오히려 나를 살게 하는 힘임을 깨닫는다. 그렇다, 나는 요즘 사랑에 빠졌다. 문어와 곤충을 사랑해마지않는 아들 녀석을 말이다. 그의 일거수일투족을 관찰하며 웃었다 울었다 한다. 좋아서 어쩔 줄 모르는 아이의 모습을 볼 때마다 한없이 부러워진다. 저것이 행복인 줄도 모르고 행복하겠지?

아들아, 부디 천천히 시들해져라. 사이 몽고메리 할머니처럼, 얼굴에 주름이 자글자글할 때까지 무언가를 투명하고 순수한 눈빛으로 바라보면 좋겠다. 그러기 위해선 나도 아들의 행복을 함부로 재단하지 않아야 한다. 사회성 어쩌고 하면서 아이를 붙잡지 않아야 한다. 매일 기도 대신 읊조리는 말이다.

『할머니의 트랙터』,
안셀모 로베다

워킹맘이라
불리는 사람들

"그리고 사랑하는 두 아들에게도 고맙다고 말하고 싶어요. 저를 일하게 만든 아이들이죠. 아들아, 이게 바로 엄마가 열심히 일한 결과란다."

한국인 최초로 오스카 여우조연상을 받았을 때, 수상 소감 마지막에 배우 윤여정이 한 말이다. 그때 많은 한국

여성들이 윤여정이란 배우에게 벅찬 감정을 느꼈을 것이다. 일흔을 넘긴 나이에 세계적인 무대 위 내로라하는 배우들 앞에서, 통역사 없이 젠체하지 않는 영어로, 사람들에게 웃음까지 안겨주며, 여유롭게 말하는 우리나라 여배우라니! 그런데 그 배우 입에서 나오는 소감은 또 얼마나 멋진지! 상을 놓고 경쟁한 또 다른 배우들을 격려하고, 한국의 영화감독을 알리면서도, 워킹맘이자 싱글맘이었던 자신의 삶을 스스로 칭찬해주는 원문을 나는 몇 번씩 읽고 또 읽었다.

세상을 꿋꿋이 살아내는
워킹맘들

전 국민이 그녀의 수상을 자기 일처럼 기뻐했던 것은, 그녀가 어떤 삶을 살아왔는지 조금이나마 알고 있기 때문일 것이다. 실제로 윤여정 배우는 방송에서 "먹고살기 위해 연기했다"라고 말했다. 홀로 두 아이를 키우며, 자식들을 먹여 살리기 위해서 할 수 있는 일은 연기밖에 없었고, 잠깐 스쳐 지나가는 역할이라도 필요했으며, 다음 역할을 따기 위해 최선을 다했다. 삶의 방향을 선택하거나 고를 여지조차 없었다. 그런 삶이 쌓이고 쌓여 지금의 그녀가 된 것이다. 그녀는 지금도 '지속 가능한 일자리'를 위해 노력한다. 지금은 자식들 먹여 살릴 궁리 때문이 아니라 자신이 계속 사용되기를 원해서일 것이다.

어느 TV 프로그램에 윤여정 배우의 동생이 출연한 것을 보았다. 우리나라 모 대기업에서 최초로 여성 간부가 된 그녀도 삶에 최선을 다했다. 그녀 역시 인생 중 최대 고비가 있었는데, 그건 하나밖에 없는 어린 딸이 자신에게 직장을 그만두고 엄마로 남아달라고 간곡히 요청했을 때였다. 그녀는 고민 끝에 "퇴근 후 너의 이야기를 최선을 다해 들어주마" 약속하고 일하기를 포기하지 않았다. 대신 피곤함에 절은 몸으로 들어와도, 회식으로 술에 취해 있을 때도 딸의 이야기를 들어주기로 한 약속을 절대 어기지 않았다.

아이는 잘 자라 성인이 되었다. 그리고 그녀는 지금도 자신의 일을 하며 더불어 존경받는 엄마가 되었다. 그녀는 인터뷰 말미에 "열심히 일하면서도 육아 문제로 죄책

감에 시달리는 워킹맘들이 많다"며, 아이들은 본연의 모습대로 소신껏 자라니, 죄책감은 내려놓고 열심히 일하라고 워킹맘들을 응원했다.

두 사람 모두 자신의 분야에서 최선을 다하는 워킹맘이다. 물론 시작점은 다른 듯 보인다. 윤여정은 두 아이를 키우기 위해 다른 방법을 찾을 수 없어 내몰린 쪽이고, 동생은 생계 유지를 위해서라기보다는 하고 싶은 일을 선택한 쪽이다. 하지만 그녀들에게도 공통점이 있다. 같은 어머니에게서 자랐고, 그 어머니는 작은 일에도 최선을 다하는 분이었다. 어머니도 일찍 남편을 여의고 홀로 아이들을 키운 워킹맘이었다. 두 사람이 성인이 되어 처한 상황은 달랐을지언정 어머니에게 배운 바는 같았다. 그렇게 어머니의 삶을 보고 배우며 실천한 것이다.

일한다는 것의 의미

세상에도 두 부류의 워킹맘이 있다. 어쩔 수 없이 해야 하는 상황으로 내몰리는 경우와 하고 싶은 일을 간절히 원하는 경우. 두 부류 중에 어떤 쪽이 많을까? 전자가 훨씬 많다고 생각한다. 엄마에게는, 아이를 위하는 일이 자신을 위하는 일보다 더 우선시되기 때문이다. 전자는 아이를 위한 일이다. 후자는 엄마와 더 많은 시간을 보내고 싶어 하는 아이 앞에서 포기하게 될 때가 많다. 나의 엄마도 나를 먹여 살리기 위해, 남편의 엄마도 남편을 먹여 살리기 위해 직업전선에 뛰어들었다.

제주에서는 일하는 여성을 더 흔히 볼 수 있다. 노동을 귀한 가치로 여겨서 몸으로 하는 일을 부끄럽게 생각하지 않는다. 오히려 몸을 쉬게 하는 것을 부끄럽게 여긴다. 일흔을 훌쩍 넘긴 나이에도 바닷속 전복을 따러, 밭의 열매를 수확하러, 청소하러, 조식을 준비하러 새벽같이 일어나 일터로 가는 할머니를 무수히 보았다. 그들이 할머니가 되기 전에는 이 일과 함께 육아와 살림도 도맡아 하셨을 것이다.

내가 사는 아파트 단지엔 할머니들이 많은데, 단지에 공터라곤 찾을 수가 없다. 조금이라도 빈 흙이 보이면 무엇이든 심는다. 자식도 다 키웠을 테니 먹고살자고 아등

바등 일하는 건 아니다. 습관일 수도 있고, 본인이 할 수 있는 일을 놓치기 싫은 마음일 수도 있다. 아무튼 놀진 않지만, 놀고 있는 것처럼 보이는 내가 죄스럽게 느껴질 정도다. 그러면서 문득 의문이 들었다. '도대체 할머니들의 남편은 어디에 있는 걸까?' 남편의 부재로 이렇게 성실하고 악착같은 삶을 살게 되었는지, 혼자의 힘으로 삶이 가능했기 때문에 남편이 부재했는지 알 수가 없지만, 위에 언급한 여인들의 곁에서 어떤 역할을 하고 있는 남편은 쉬 찾을 수 없었다.

이렇게 위대한 여성이 많은데, 남편의 내조가 뒷받침된다면 세상은 얼마나 더 멋지게 변할까? 그간 여자의 도움으로 남자들이 바깥에서 실력 발휘를 했다면, 이제부턴 여성에게 그 기회를 주어도 좋지 않을까? 생각해보면 아이를 키우는 일, 회사에 출근하는 일, 요리를 하는 일, 집 안을 정돈하는 일은 성(性)과는 크게 상관없는 일이다. 그간은 그렇게 믿으면서 살아왔을 뿐이다. 어느 한쪽만 희생하는 것이 아니라 서로에게 관심을 갖고 각자가 좋아하는 일을 할 수 있도록 기꺼이 응원해줄 수 있다면 아이들은 지금보다 나은 세상을 살아갈 것이다.

트랙터를 몰며
수확하는 할머니처럼

이탈리아 작가 안셀모 로베다의 그림책『할머니의 트랙터』에는 '일하는 할머니'가 등장한다. 할머니는 아침에 일어나 할아버지와 함께 에스프레소를 마시며 담소를 나누고, 라즈베리 향이 나는 립스틱을 바른 뒤, 긴 장화를 신고 빨간 트랙터를 몰고 밭으로 나가 하루 종일 일한다. 무화과를 따고, 사과를 따고, 배를 거둬들이고, 점심 도시락을 먹은 뒤엔 블루베리와 버섯을 딴다.

할머니가 종일 밖에 나가 일하는 동안, 할아버지는 설거지를 하고, 인터넷에서 배워 자두 잼을 만든다. 그리고 체리 파이 반죽이 오븐에서 구워지는 동안 빨랫감을 모아 세탁기에 넣고, 이메일을 확인하고 옆 동네 친구와 무전기로 수다를 떤다. 갓 구운 체리 파이가 완성되어 식탁에 놓이자 "와, 맛있겠다!" 소리를 지르며 할머니가 집 안으로 뛰어오는 장면으로 이야기는 끝이 난다.

이탈리아에만 이런 할아버지가 있는 게 아니라 한국에도 많은데 부각되지 않은 거라 믿고 싶다. 그래서 나는 아주 가끔 유치원에 손주를 하원시키러 온 할아버지를 보거나 놀이터에서 아이와 놀아주는 할아버지를 볼 때, '오! 저 집 할머니는 어떤 바깥일을 하고 계실까?' 하면서 상상의 나래를 펼치기도 한다.

물론 요즘은 얼마든지 그런 모습을 볼 수 있다. 내 주위에도 육아와 살림을 감당하며, 아내가 전적으로 일에만 매진할 수 있도록 아이의 픽업은 물론 학부모 회의에도 참석하는 남편이 있다. 제2의 삶을 꿈꾸는 아내에게 공부할 시간을 주려고 기꺼이 저녁 식사를 담당하는 남편도 있다. 그래서 고교 동창 P는 영양사로 일했는데, 아이를 낳고서 그만두었다가 틈틈이 공인중개사 공부를 하더니, 재취업해 새로운 길을 걷고 있다. 세 아이의 엄마 J는 얼마 전 옷가게를 열었다. 나는 그런 이야기를 들을 때마다 가슴이 벅차고 설렌다. 아직 오지 않은 미래에 나는 무엇을 하고 있을까, 기대도 해본다.

나는 일을 하지 않는 건 아니지만, 벌어 오는 수입과 노동 시간이 낮아서 자연스럽게 육아와 살림의 대부분을 맡아 한다. 육아와 살림을 우선순위에 두었기 때문에 거기에 맞춰 일하는 시간과 강도를 조절한 것이 가장 바른 설명일지도 모르겠다. 얼마 전 남편과 그런 이야기를 나누었다.

"10년쯤 뒤엔 우리도 역할을 아예 바꿔볼까? 나도 주어진 시간 동안 내가 무엇으로 지속 가능한 벌이를 할 수 있을지 찾고, 당신도 새로운 삶을 꿈꿔보고."

그때 서로의 눈이 얼마나 반짝였는지 모른다.

일흔 살에도 일하는 내 모습을 꿈꾼다. 쉬운 일은 아닐 것이다. 제주에서 숱하게 봐온 할머니들처럼, 그리고 『할머니의 트랙터』에 나오는 할머니처럼, 뭔가 큰일을 하겠다는 욕심을 버리면 가능할지도 모른다. 다음 세대에게 손 벌리지 않고, 내가 먹고살 일을 멈추고 싶지 않다. 할 수만 있다면 몸 쓰는 일도 좋겠다. 라즈베리 향이 나는 립스틱을 바르고, 가슴장화를 신고서 할 수 있는 일을 온종일 하며, 그렇게 살고 싶다. 그땐 남편의 요리 실력이 많이 늘어 있으면 더할 나위 없겠다.

살게 할 테니 | 그 추억이 지금의 나를

『나는 강물처럼 말해요』,
조던 스콧

추억하며 살아갈 힘을
얻는 사람들

황안나 선생님은 '걷는 인생'의 대선배님이다. 2006년 가을, 부평에 있는 선생님 댁에서 진행했던 인터뷰는 여러모로 기억에 남는다. 늦은 오후에 만나 저녁 식사까지 얻어먹고 한밤중에야 집에서 나왔기 때문이다. 그리고 인터뷰어였던 나는 그 시간 동안 질문을 단 하나도 하지 않았다. 질문 없이 인터뷰를 이어간 것은 그때가 처음이

자 마지막이다.

길 위의 추억은
인생의 큰 가르침

교직에 오래 계셨던 선생님은 당시 20대였던 나를 보며 "옛날 옛날에~" 하듯 당신의 살아온 이야기를 쉼 없이 재미나게 이어가셨다. 딱히 질문이 필요 없을 정도로 정말 꽉 찬 이야기였다. 당신이 울컥하면 나도 울고, 당신이 웃으면 나도 따라 웃으며 이야기에 푹 빠졌다. 이후로도 가끔 선생님과 메일을 주고받았다.

현재는 15년이란 시간이 흘러버려서 연락을 이어가기 힘들어졌지만, 종종 인터넷에서 '황안나'를 검색해 선생님의 근황을 살펴보곤 한다. 그때도 40년 동안 업으로 삼았던 교편을 내려놓은 예순 살 할머니셨으니, 지금은 일흔 살을 훌쩍 넘기셨을 것이다. 그럼에도 여전히 전국 방방곡곡을 걸으며, 강연으로 사람들을 만나고, 글을 쓰며 걷기 예찬을 하고 계신 것 같다.

15년 전, 인생의 우여곡절을 겪은 60대 여인이 전국을 걸으며 만든 이야기가 지금까지 인상적으로 남아 있는 것은, 질문 하나 없이 이야기를 풀어가던 예순 살 할머니의 표정이 너무나 행복해 보였기 때문이다. 실은 내가 만난 많은 사람들이 '지나간 아름다운 추억'에 대해 이야기할 때 짓는 표정이기도 했다.

　"이런 일도 있었어요. 7번 국도의 어둡고 긴 터널을 지날 때였죠. 인생에서 갑갑했던 순간이 생각나 힘들게 걷고 있는데 어디선가 색소폰 소리가 들리지 않겠어요? 한 아저씨가 터널 끝에서 색소폰 연습을 하고 있었어요. 이웃들이 시끄럽다고 민원을 넣어서 이 터널 끝 길에서 홀로 연습하고 있더라고요. 누군가에겐 소음인데, 저에겐 너무나 아름다운 연주였어요. 한 곡 더 연주해줄 수 있겠냐고 물었더니, 신청곡이 있냐고 되묻더군요. 그래서 '대니 보이'를 신청했어요. 나만을 위한 연주곡, 들어봤어요? 바람결에 이어졌다 끊어졌다 하는 연주를 들으며 다시 힘을 내 걸었지요. 평생 잊을 수 없는 응원이 되었어요" 하면서 눈을 반짝이던 모습이 아직도 생생하다.

　길 위에서 겪는 일은 인생과 무척 닮아서 놀라울 정도

라는 황안나 할머니는 길을 걸으며 쌓은 추억보다 더 큰 가르침은 없다고 했다. 추억을 말하며 행복해하고, 또다시 힘을 얻는 모습에 깊이 공감했다. 나 역시도, 아니 사실은 우리 모두 그 힘으로 살아가고 있으니까.

그때 그 추억이 없었더라면

조던 스콧의 『나는 강물처럼 말해요』는 작가가 말을 더듬던 어린 시절의 경험을 바탕으로 쓴 책이다. 발표 시간만 되면 일제히 자신을 비웃듯 쳐다보던 수십 개의 눈에 잔뜩 얼어, 학교에 가야 할 아침만 되면 더 말이 없어지던 유년의 기억이 시드니 스미스의 아름다운 그림체와 만나 멋진 이야기 한 편이 되었다.

아이는 그날도 발표 시간에 한마디 말도 꺼내지 못했다. 아이를 데리러 온 아빠는 시무룩해 있는 아이를 트럭에 태우고 숲이 우거진 강가에 데리고 간다. 둘은 한동안 아무 말도 하지 않은 채 징검다리를 건너고 벌레를 잡고 블랙베리를 딴다. 한참 뒤에 아빠는 아이에게 말한다.

　　"흐르는 강물이 보이지? 너도 이 강물처럼 말한
　　단다."

　아이는 굽이치고, 소용돌이치고, 부딪치고, 때로 더듬
거리며 흘러가는 강물을 오랫동안 바라본다. 그 뒤로 말
해야 하는 순간이 올 때마다 아빠의 말을 떠올린다. 발
표 주제가 '내가 세상에서 가장 좋아하는 곳'이었던 어느
날, 아이는 아빠와 함께 갔던 강물에 대해 말한다.

　어린 시절, 생각만 해도 "배 속에 폭풍이 일어나고 두
눈에 빗물이 가득 차게" 만드는 공포의 순간 앞에서, 유
창하고 일관되게만 흐르는 것이 아니라 불규칙하고 다양
하게 흐르는 강가에서 들은 아빠의 말은 얼마나 큰 힘이
되었을까? 말을 더듬던 작가의 어린 시절은 수치스러운
기억이 아니라, 오히려 또 다른 누군가를 격려하고 위로
해주는 따뜻한 추억이 되었다.

　그림책을 읽은 나도, 낯선 사람을 보면 아예 입을 다
물어버리는 아들의 마음을 훨씬 더 깊이 이해하게 되었

다. 조던 스콧은 아버지와의 이 추억으로 인해 "나는 내 입이 바깥세상을 향해 움직이는 것을 즐겁게 지켜볼 수 있게 되었다"라고 말했다. 어린 시절의 추억은 어른이 된 나를 살린다. 비단 어린 시절의 추억만 힘이 있는 것은 아니다. 황안나 할머니는 예순 살 이후에 길 위에서 쌓은 추억으로 지금 살아갈 힘을 얻고 있으니까. 추억은 이토록 힘이 크다.

어제의 추억은
우리의 내일이 되고

어느 날은 남편과 내가 일상적인 대화를 하고 있는데, 시어머니가 우리 이야기를 무심코 듣다가 "너거는 산티아고 다녀온 이야기를 아직도 그렇게 하나? 지겹지도 않나?" 하며 웃으셨다. 카미노를 다녀온 건 9년도 더 된 일이지만, 우리는 어제도 오늘도 은연중에도 카미노의 추억을 풀어놓는다. 가끔 가지지 못한 것에 욕심이 나거나, 나도 모르게 내 인생을 남들과 비교할 때는 일부러라도

아무것 없이 충만했던 길 위의 추억을 곱씹는다. 그럴 때 나는 추억의 힘이 얼마나 큰지 실감한다. 추억의 힘이 없었으면, 도대체 어찌 살아갈 뻔했나!

시간이 흐르면, 원고를 쓰고 있는 지금 이 순간도 큰 힘을 지닌 추억이 되겠지? 지금은 머리털을 쥐어뜯으며 '나는 왜 이렇게 글을 못 쓰는가!' 한탄하며 한 문장 한 문장을 고통스럽게 써 내려가고 있지만, 훗날엔 머리카락을 쥐어뜯던 이 시간을 대견하게 생각하게 될 것이다. 그 추억을 힘입어 또 하루를 버티고 있을 것이다.

인스타그램 해시태그로 '추억소환'이라는 단어를 자주 본다. 코로나바이러스로 인해 지난 여행을 추억하는 사진을 올리는 친구도 많이 늘었다. 일부러 '소환'하면서까지 기억을 끌어올릴 정도로, 추억의 힘은 크다.

언젠가는 '코로나바이러스' 시절의 추억도 되새기는 날이 올 것이다. "그때 우리 힘들었지만 되게 잘 버텨냈지?" 하면서 추억을 소환하려고 일

부러 마스크를 끼고 사진을 찍을 수도 있다. 얼른
이 얼어 죽을 놈의 바이러스를 '추억'할 수 있는
날이 오기를 기대해본다.

요즘 나는 고령의 인터뷰이들을 만나고 있다. 감귤 농사, 해녀 물질, 쇠테우리(키우는 소를 마을에서 공동으로 돌아가며 방목하는 방법) 등 각 분야를 개척한 삼춘(마을 손윗사람을 부르는 제주 방언)들을 만나 그들이 만든 제주의 전반적인 문화를 듣는 일을 한다.

아흔 살이 넘은 어르신들을 인터뷰하는 건 처음이다. 인터뷰 날짜를 잡는 것조차 만만치 않았다. 첫 번째 인터뷰이는 어느 마을의 감귤 1세대 어르신이었다. 2년 전에 인터뷰한 녹취록이 있었기 때문에 그나마 쉽게 일을 진행할 수 있겠다 싶어서 가장 먼저 접촉했다. 하지만 그 생각은 오산이었다. 전화기는 꺼져 있고 주소도 없었기에 무작정 찾아가는 수밖에 없었다. 그 마을 경로당에 가면 어르신을 만날 수 있을 거란 희망을 품고.

경로당엔 내가 찾는 어르신은 없었고, 다행히 한 할아버지가 더듬더듬 주소록을 찾아 그분의 집을 알려주셨다. "경로당에 안 나온 지 좀 됐어" 하는 말씀과 함께. 그때까지는 '이렇게도 만나지는구나!' 설레는 마음에 발걸음이 빨라졌다. 하지만 어르신 집 앞에서 그 마음은 완전히 바뀌고 말았다. 할아버지는 노쇠해 한마디 말도 하지 못했고, 일어서지도 못하셨다. 자녀분이 옆에 계셨는데, 마지막을 준비하게 될 것 같다고 하셨다.

어르신과 인사도 하지 못한 채 집으로 돌아오는 길에 자꾸만 눈물이 났다. 눈물의 이유에는 기대와 다르게 아무런 성과도 얻지 못한 아쉬움도 물론 있었겠지만, 한 사람의 역사가 사라지고 있는 모습을 목격한 충격이 가장 컸던 것 같다. 앞으로 남은 인터뷰 때도 이 감정을 계속 느낄 거라 생각하니 마음이 시렸다

어르신은 열일곱 고등학생 때 심훈의『상록수』를 읽고 큰 감명을 받았다. 주인공 영신과 동혁처럼, 자신이 나고 자란 가난한 마을을 부유하게 만들겠다고 다짐했

다. '마을의 늙은 귤나무들을 젊게 만들어 여름엔 마을 전체가 새파란 물결로, 겨울엔 샛노란 물결로 뒤덮이게 해야지' 마음먹었단다. 정말로 그는 '접목'을 통해 묘목을 많이 생산하고 마을의 살림을 넉넉하게 만들었다. 다른 지역에서도 그에게 접목기술을 배우러 왔다. 녹취록에서 읽은 그의 삶이 귀했기 때문에 더더욱 기록으로 남기고 싶었다. 후에 안부도 물을 겸 혹시나 인터뷰가 가능하실까 하는 마음에 아드님께 다시 한번 연락드렸을 때는, 이미 세상을 떠나신 후였다.

누군가를 만나고, 그 만남을 정리해 기록하는 것은 어느덧 내 삶을 대표하는 업이 되었다. 하지만 나는 그 전에 '읽는 일'을 훨씬 더 오래, 그리고 더 많이 해왔다. 어린 시절부터 책을 통해 '글 쓰는 사람'이라는 꿈을 키웠고, 지금도 책에서 만난 장소, 사람, 대화, 행동에 감동하고 전율한다. 그건 비단 나뿐만이 아니다. 앞서 언급한 감귤 어르신도 『상록수』라는 책을 통해 삶의 방향을 잡고,

나머지 70년을 그 방향대로 성실히 걷다 떠나셨다. 어르신의 삶 역시 기록으로 남겨놓았다면, 누군가에게는 어르신의 삶 자체가 『상록수』와 같은 책이 되었을 것이다. 그런 의미에서 책은 미처 접하지 못한 것들과 나를 이어주는 또 하나의 세상이나 다름없다. 평생 존경하고픈 사람을 만나고, 꿈을 품게 만들고, 가고 싶었던 곳을 여행하게 한다.

내 책장엔 많은 책이 꽂혀 있다. 죽어서도 여전히 추앙받는 대작가의 책부터 유명하지 않아도 자신의 가치관을 소신 있게 담은 독립출판물까지, 다양한 장르의 책들이 꽂힌 서가를 보고 있노라니 크고 작은 삶이 다채롭게 어울린 또 하나의 우주 속으로 들어간 기분이다. 이 책 역시 저 우주 속으로 들어가 누가 알아주든 그렇지 않든 작디작은 행성이 될 것이다. 무한한 세계를 항해하다 우연히 이곳에 정착한 몇몇에게만큼은 소소한 기쁨을 주는, 제 역할을 하는 책이 되길 바란다. 또한 당신의 삶 역시 누군가에게 작은 감동을 주는, 그 자체로 책 한 권임을 잊지 않기를 바란다.

한때 한 출판사에서 함께 일한 동료들이 이 책을 펴내는 과정에 함께했다. 각자의 길을 걷다가 십수 년 만에 함께한 인연이라 반갑고, 또 한편으론 모두가 제자리를 묵묵히 지켜온 결과라 뿌듯하기도 하다. 누구 하나라도 자신의 삶에 최선을 다하지 않았거나, 서로에게 잘못을 저질렀다거나, 배신했거나, 진상(?)을 부렸다면 지금의 이 조합이 반갑기보다 껄끄러웠을 것 아닌가.

　나에겐 '육아동지'나 다름없는 시부모님과 제주관광대학부속유치원 해님반 선생님들, 그리고 이 책에 크고 작게 등장하며 '이야기'가 되어준 소중한 사람들, 응원과 격려를 아끼지 않는 평생의 '길동무' 문경록에게도 마음 깊이 고마움을 전한다.

당신이라는 책, 너라는 세계

초판 1쇄 인쇄   2021년 9월 3일
초판 1쇄 발행   2021년 9월 10일

지은이   박진희

펴낸이   한선화
책임편집   이미아
디자인   정정은
홍보   김혜진
마케팅   김수진

펴낸곳   앤의서재
출판등록   제2018-000344호
주소   서울 마포구 월드컵북로 400 5층 21호
전화   070-8670-0900
팩스   02-6280-0895
이메일   annesstudyroom@naver.com
블로그   blog.naver.com/annesstudyroom
인스타그램   @annes.library

ISBN   979-11-90710-26-8 03810